KB153000

사)대명공연예술단체연합회 기획 대본쓰기 프로그램

대명동엔 작가가 산다

네 번째 이야기

사)대명공연예술단체연합회 기획 대본쓰기 프로그램

대명동엔 작가가 산다

네 번째 이야기

정기순 · 최미향 · 이명준 · 이혜정 · 김성애
김영선 · 김기열 · 김민선 · 허윤정 지음

멘토 김성희 · 김현규 · 안희철

평민사

이 대본집은 사)대명공연예술단체연합회에서 기획한
대본쓰기 프로젝트, '대명동엔 작가가 산다'(이하 대작)를 통해
만들어진 아마추어 작가들의 작품이다.
대작은 누구나 참여할 수 있는 프로그램으로
세 분의 기성작가를 모시고 수업을 진행하였다.
극작가를 발굴하고 공연의 시작이자,
가장 기본이 되는 대본을 창작하여 대명공연거리의
공연활성화를 위해 기획되었다.

차례

1 + 1

정기순
멘토 김성희

등장인물

장 씨   46세. 현다이건설에서 20년간 일했다. 말수가 적다.

정 양   28세. 무역회사 계약직 사원이다. 회식이 잦다. 성격이 급하고 불의를 보면 못 참는다.

박 군   27세. 공무원 시험을 준비하고 있는데 늘 돈이 부족해 2+1만 사 먹고 폐기음식에 눈독을 들인다. 눈치가 없고 융통성이 없다.

송할매   75세. 폐지를 줍고 공병을 모아서 팔아 그 돈 모아서 무엇을 하는지 열심이다. 거리낌 없이 동네 사람들에게 부탁을 잘 한다.

김사장   60세. 작은 동네에서 구멍가게를 운영한 지 20년, 마음이 좋아 사람들과 관계가 좋다.

경 찰   30세. 지구대 소속 순경

시간

2023년 봄

장소

동네 편의점

무대

무대 오른쪽에는 편의점 물건 판매대가 있다. 맞은편으로 창밖을 바라보고 앉는 테이블과 의자가 있다. 무대 뒤쪽으로 편의점 물건 진열장이 놓여 있다. 가운데에는 테이블이 놓여 있다.

프롤로그

CCTV 화면으로 웬 사람이 문 앞을 기웃거린다. 주변을 살핀다. 문 앞에서 들어갈까 말까 망설이는 듯하다. 갑자기 놀라서 한쪽을 바라보더니 빠르게 사라진다. 천천히 비틀거리는 여성이 나타나 문손잡이를 잡는다.

1장

정양이 들어오면서 '띵동' 소리가 난다.

정 양   다녀왔습니다….
김사장   어서 오세… 거, 일찍일찍 좀 다녀!
정 양   아이참 또 잔소리네… 죄송합니다.

여자는 테이블에 가방, 재킷을 차례대로 벗어 놓고 앉는다.

정 양   아 배고파. 냅다 술만 들이부었더니 허기지네.
김사장   (빵을 주며) 그러게 왜 맨날 술이야….
정 양   (빵을 받아 들고 먹으며) 사는 게 어디 내 맘대로 되나요.

김사장 또 왜?

정 양 아니 내가 오늘은 참으려고 했거든요… 그 불여시가….

김사장 새로 들어온 어리고 예쁜 그 직원?

정 양 예쁘긴. 어리면 다 예쁘지. 누구는 어릴 때 안 예뻤나.

김사장 응.

정 양 아이참!

김사장 (웃으며) 너 코 흘릴 때부터 내가 봤다.

정 양 아~ 어디 가도 내 편이 없다.

김사장 누가 니 편 아니래. (우유를 건네며)

정 양 (우유를 받아 마시며) 아, 암튼 그 불여시가 얼마나 속을 박박 긁던지… 아니 내가 복사기 기사님 전화번호랑 정수기 기사님 전화번호 헷갈려서 그거 잘못 가르쳐 줬다고 뭐? 사소한 거지만 신경 좀 써 주세요? 내가 과장이 맨날 지한테 추근덕대는 거 커버 쳐주는 거 고마운 줄 모르고. 아 근데 과장새끼는 사무실에서 그 불여시만 쳐다보나, 어디서 그 타이밍에 딱 나타나서는 "그래 정양, 계약직이라도 책임의식 있게 일하는 게 좋지 않겠어?" 이 지랄. 아우~ 내가 뭐 그것들한테 맨날 이런 취급 받아야 되냐구요….

김사장 그러게.

정 양 아앙~ (내 편 들어주세요)

김사장 너무했네.

정 양 아앙~

김사장 뭐?

정 양 흥! 그게 다예요? (아쉬운 표정)

김사장 그래! 앞장서라. (팔을 걷어 부치며 분위기 잡으며) 어떻게, 다리를 분질러 줄까? 팔을 못 쓰게 해줘? 얘기만 해라.

정 양 오~ 실력발휘~ 아 생각만 해도 벌써 기분 좋아지고 있어~ 옛날에 아저씨가 떴다 하면 사람들이 홍해 갈라지듯이 쫙 갈라지면서 여기저기 엎어지고 날라가고 막 휩쓸었… (눈치 보더니 민망한 듯) 아하하 죄송해요. 내가 술 먹고 오바했다. 아저씨 옛날 얘기 싫어하는데.

김사장 아니다. 다 맞는 말인데 뭐. 그래 살아봤으니 이래도 살 수 있는기재.

정 양 아저씨 같은 착한 사람이 그랬다는 게 안 믿겨져요.

김사장 태어날 때부터 착한 사람이 어디 있고 나쁜 사람이 어디 있노. 사람을 그래 만드는 세상이 착하기도 하고 나쁘기도 하고 그런기재.

정 양 나도 착하게 살고 싶다.

김사장 (숙취해소제를 건네며) 착하지. 술만 좀 줄이면.

정 양 아이참!

'띵동' 소리가 나고 체육복을 입고 안경을 쓴 박군이 뛰어 들어온다.

박 군　아저씨.

김사장　(눈치 보며) 어어… 거, 저쪽에 잠깐 바람 좀 쐬고 있어라.

박 군　이 좁은 편의점에서 무슨 바람을 쐬나요?

김사장　어 그럼 거 새로 들어온 물건 구경 좀 하고 있어라. (눈치 주며)

박 군　(눈치 없이) 금주의 할인품목은 이미 꿰고 있습니다.

김사장　….

정 양　그냥 주세요.

김사장　… (눈치 보며) 자꾸 뭐라 하지 마라.

정 양　(입 삐죽, 눈으로 대답한 후, 박군에게) 인사.

박 군　안녕하세요 누나. 오늘도 술 많이 드셨네요. 이번 주에
　　　　는 총 7일 중… 우와! 7일 음주시군요.

정 양　넌 공부는 안 하고 남 뒷조사하냐?

박 군　뒷조사라뇨? 음주 하신 후 노래 부르기 2회, 소리 지
　　　　르기 5회, 울기 7회. 7일 동안 계속 소란스러웠습니다.

정 양　그래서 뭐? 니 공부라도 방해됐다 이거야?

박 군　아닙니다. 그저 정확한 통계를 알려드린 것뿐입니다.

정 양　그래~ 정확하다.

박 군　감사합니다.

정 양　(기막혀서) 정확하게 이 시간에 와서, 정확하게 아저씨

를 곤란하게 하고!

김사장 아냐~ 나 안 곤란해.

정 양 뭐, 폐기음식 손님한테 줬다가 탈나면 안 되니까 주면 안 된다면서요! 원칙대로!

김사장 (봉지를 박군에게 건네며) 뭘 또 손님이고. 한동네서 같이 사는.

정 양 손님이지.

박 군 암튼 얄짤 없어.

정 양 이 누나가 이건 아니다 싶은 건 또 그냥 못 지나치잖니. 뭐 일종의 정의감이랄까.

박 군 네. 한도초과죠.

정 양 입.

박 군 아하하하 훌륭하십니다. (웃다가 밖을 보더니 급하게) 아, 전 그만 가볼게요. 시험이 얼마 안 남아서. (후다닥 나간다)

정 양 뭐야, 핫바 하나 먹고 가지.

정양은 숙취해소제를 마저 마시고 뭐 더 먹을까 없나 살펴보는데 '띵동' 소리와 함께 송할매가 들어오고 뒤따라 박군이 못 마땅한 표정으로 빈병이 든 박스를 들고 들어온다.

김사장 오셨어요?

정 양　안녕하세요. (눈으로 박군에게 동정의 눈빛을 보낸다)

박 군　(나가다 걸렸어, 하는 눈빛)

정 양　(그럼 너 혼자 살려고 후다닥 나간 거냐? 눈빛)

송할매　응 박군아 저짝에 김사장 앞으로.

김사장　(살피며) 아이고 오늘은 많네요. 무거우셨겠다.

박 군　네!

송할매　니는 또 술이가? 어린애가 뭐한다꼬.

정 양　할머니. 저 이제 안 어리거든요.

송할매　암만 그래도 얼라지.

정 양　이제 다 컸답니다.

송할매　잘 됐네. 다 컸으니 저 박스 좀 묶어라. 할미는 허리가 아파서.

정양과 박군이 딴청을 피우며 못 들은 척하고 있다.
'띵동' 소리와 함께 중년의 남성 장씨가 들어온다. 간단히 목례를 하고 빵 한 개를 집어들고 계산대로 간다. 일동 어색한 분위기로 조용해진다. 정양은 곁눈질로 장씨를 살피며 갸우뚱한다.

김사장　오늘은 늦으셨네요.

장 씨　(목례)

박 군　안녕하세요.

장 씨   (쳐다보고는 살짝 웃으며 목례를 한다)

송할매   오늘도 고생했네.

장 씨   (할머니에게 목례)

송할매   (정양과 박군에게) 아 허리 아프다. 어여 박스 좀 묶으라
         니까. 젊은아들이 꼭 요럴 때만 귀가 어둡지. 응?

정 양   할머니 우리도 힘든데… 아 맛있는 거라도 하나 사 주
         시던지요. (앙탈)

송할매   내가 돈이 어딨노?

정 양   뭐 맨날 버시면서.

송할매   벌기는.

정 양   뭐, 이 동네 박스며 병이며 죄 할머니 꺼지.

박 군   한국노인인력개발원에 따르면 2017년 주민등록인구
         기준으로 만 65세 이상 노인 약 6만6000명이 폐지를
         수거했습니다. 전체 노인 735만여 명의 0.9%에 해당
         하는 수치입니다. 당시 수입을 계산해보면 시간당 평
         균 2,200원, 월평균 20만 원이었습니다. 하지만 현재,
         2017년 이후 폐지 수거 어르신에 대한 정확한 통계는
         어디에도 없으며.

송할매   거봐라. 한달 내내 해도 20이구만.

정 양   그래도 요즘은 올라서 좀 낫지 않아요?

박 군   국제 원자재 값 상승으로 고철, 폐지 가격이 올랐다
         해도, 물가와 금리 치솟는 거에는 못 따라 가는 실정

입니다.

일동 고개를 끄덕인다.

김사장   박군아. 멋있다.

송할매   그러게, 이래 똑똑한데 시험은 왜 자꾸 떨어지노?

정 양   (눈치 주며 나지막이) 할머니!

박 군   (기죽어서) 휴~ 그러게요.

김사장   (장씨를 보며) 안녕히 가세요.

장 씨   (나가려다가 목례)

송할매   장씨.

장 씨   (할머니를 돌아보고 목례)

송할매   어 그게 아니고 나가면서 밖에 박스 좀 묶어주면 고맙겠는데. 허리가 아파서….

장 씨   …. (인사를 하고 돌아선다)

장씨가 나가자 다들 숨막히다는 듯.

정 양   아우~ 숨막혀. 도대체 왜 저러는 거야? 못 듣는 거야 안 듣는 거야. 입이 없나 진짜.

박 군   들리는 것 같습니다. 입도 있네요.

정 양   야! 분위기 파악 안 하냐.

정 양 웃기를 하나, 말을 하기를 하나. 음침한 게… 암튼 정 안 간다니까.

송할매 한동네 사는데 좀 거시기 하재.

정 양 네. 그냥 이사나 갔으면 좋겠네요. 안 마주치게.

김사장 뭘 또 그렇게까지 싫어하냐.

정 양 전 싫은 사람은 딱 싫거든요. 생긴 것도 과장새끼랑 비슷하게 생겨가지고.

박 군 그건 너무 주관적인 이유 같습니다, 누나.

정 양 야! 암튼 좋은 직장 다닌다는 것도 맘에 안 들어 난.

박 군 좋은 직장… 인데 먹는 건 검소하단 말이에요. 늘 막걸리 두 병, 김밥 두 줄을 이 시간대에 사 가는 것으로 봐서… 아마도, 집에, 밥이 없는 것 같습니다.

정 양 그래. 대단한 셜록홈즈 나셨다. 그런데 말입니다. 오늘은 빵을 사갔거든요. 그건 왜 그런 거예요 홈즈씨?

박 군 오늘뿐만이 아닙니다. 빵을 사신 지 오늘로 35일차, 아무래도 무슨 일이 생긴 것 같습니다.

정 양 무슨 일일까요?

박 군 아무래도… 입맛이 변한 게 아닐까요?

정 양 죽을래?

박 군 (눈치보며) 아직 거기까진 조사를 못 해서….

정 양 에휴~ 아 암튼, 저 아저씨 좀 이상하지 않냐?

김사장 이상하긴 뭘 이상해. 그냥 말수가 없는 거지.

정 양 그러니까요. 뭘 물어도 대답을 안 해. 뭐 숨기는 거
아냐?

박 군 그렇죠. 아니면….

송할매 말 할 기운이 없거나.

정 양 뭐, 왜? 큰 회사 다닌다면서요.

김사장 응 알아주는 회사지. 현다이건설. 근데 뭐 직장 좋다고
사람이 다 행복하냐?

정 양 직장이 좋고, 정규직이고 그래서 행복한지 전 모르겠
는데요 비정규직에 맨날 무시당하고 차별당하면서 언
제 잘릴지 몰라서 불안한 마음으로 사는 게 불행한다
는 건 알아요 전.

박 군 그래서 아등바등 차라리 공무원이 되겠다고 이 발버
둥을 치는가 봐요. 그게 그나마 공정한 방법이니까.

정 양 (한숨) 가자. 늦었다. 너는 공부하고 나는 출근 준비하
고. 우리 할 일을 하러 갑시다. (김 사장에게) 갈게요. 내
일은 늦어요.

김사장 왜?

정 양 회식이요. 회식도 일이잖아요.

박 군 저도 가보겠습니다. 아저씨 (봉지 들어보이며) 잘 먹겠습
니다.

김사장 그래, 공부 열심히 하고.

송할매 고생하게, 김 사장.

김사장　네. 오늘은 박스가 제법 돼요.

송할매　고마우이.

박군 나가면서 익숙한 듯 정양이 벗어 놓은 옷과 가방을 챙겨 주고 정양은 받아들며 나간다. 송할매 뒤따라 나간다. '띵동' 소리가 연속으로 들린다. 밖에서 들리는 소리.

송할매　아이고. 이걸 누가 묶어놨노.

2장

CCTV 화면으로 웬 사람이 문 앞을 기웃거린다. 주변을 살핀다. 문 앞에서 들어갈까 말까 망설이는 듯하다. (프롤로그 화면과 동일)

어두운 무대, 핀 조명으로 화면 속 인물이 나타난다. 바로 장씨이다. 장씨는 주머니에서 칼을 꺼낸다. 크기가 큰 커터칼이다. 칼심을 빼어 본다. 이내 결심한 듯 발걸음을 떼는데

송할매목소리　장씨.

장 씨　(놀라서 급하게 칼을 뒤로 숨기는데)

송할매   (다가오며) 장씨.

장 씨   (긴장하며 뒷걸음질 친다) 네.

송할매   그거, 칼 맞재?

장 씨   (긴장하여 말을 더듬으며) 네, 네네.

송할매   … 잘 됐다. 저짝에 박스 테이프 좀 잘라주라.

장 씨   네?

송할매   아니 (자신의 칼을 꺼내며) 요놈이 똑 부러져 버려가.

장 씨   (긴장을 놓으며) 네.

송할매   저기 밖에. 아이고 허리야.

장 씨   (무대 밖으로 나간다. 한숨소리) 휴우~

송할매   (혼자 무대에 남아 밖으로 나간 장씨에게 얘기하듯) 좀 많재?
안 그래도 어제 병도 얼마 못 줍고 공쳤네 싶었드만
김 사장이 내일 과자박스 많을 거라 얘기해주대. 아이
고 근데 이렇게나 많을 줄 몰랐지. 웬 재수야. 기분이
좋으니 노래도 절로 나와. 한 곡조 땡기면서 테이프를
뜯는다고 칼을 딱 갖다 대는데 고마 똑 부러지네. 테이
프 붙어 있으면 받아 주지도 않으니, 근데 갑자기 서
럽더라고. 오래 쓰니 멀쩡한 게 없다. 사람이나 물건이
나. 젊어서 할 줄 아는 게 열심히 하는 거밖에 없어가
내 몸 닳는지도 모르고 허리가 끊어져라 안 한 일이
없는데, 나이 먹어도 길바닥에서 박스떼기 뜯는다고
허리 펼 날이 없다. 사는 게 와 이리 고되노 싶네.

22

그래도 오늘은, 장씨를 만났잖아. 큼직한 칼을 들고 딱 앞에 서 있는데 방금 전까지 서러운 기분이 싹 가시대. 사는 게 마 죽으란 법 없이 고때 고때 또 살려주고 그라네.

장 씨 (머리에 박스 테이프를 붙이고 힘든 듯) 다 했습니다.

송할매 (박스 테이프를 뜯어주며) 고맙다. (칼을 가리키며) 고거.

장 씨 (뒤로 숨기며) 네….

송할매 좋아 보이네. (눈치를 준다) 튼튼한 게. 내 꺼는 똑 부러져가. 인제 우짜지?

장 씨 (끄덕) 네….

송할매 (과장해서) 낡으면 다 못 쓰는 거지 뭐. 하이고 내 신세야. 칼이 없어서 이제 박스도 못 주우러 다니고.

장 씨 저 이거….

송할매 하이고 고맙다 고마워. 내 잘 쓸게. (낚아채서 가지고 나간다)

순식간에 손에서 칼을 빼앗긴 장씨는 하는 수 없이 편의점 안으로 들어간다.

'띵동' 소리와 함께 화면 밝아지고 편의점 안이다. 장씨는 결심한 듯 매대에서 칼을 하나 집어 들고 포장지를 벗긴다. 칼을 손에 꽉 쥐고 걸음을 카운터로 옮긴다. 긴장된 음악이 흐른다. 김 사장은 다가오는 장씨를 응시한다. 서로 눈빛을 주

고받으며 거리가 좁혀진다. 장씨는 칼을 들어 김 사장 앞으로
내미는데, 갑자기 '띵동' 소리가 나고 장씨는 황급히 칼을 주
머니 넣는다.

박 군 아저씨.

장 씨 (얼음) ….

박 군 1+1.

장 씨 ?

박 군 그거 1+1 입니다. (포장지가 벗겨지지 않은 칼을 하나 들고
나오며) 여기 있습니다.

장 씨 아… 괜찮습니다.

박 군 괜찮다뇨? 그럼 우리 사장님 계산에 차질이 생기지 않
겠습니까?

장 씨 이거 하나만 있으면 됩니다.

박 군 아저씨.

장 씨 네?

박 군 피로, 우울증, 뼈와 관절의 통증, 근육통, 붓고, 피나고,
멍이 드는 것 모두!

장 씨 (움찔)

박 군 비타민C가 부족한 경우 발생하는 증상입니다. 그래서
이 시점에 필요한 건 바로! (사과를 카운터에 내민다)

김사장 1+1, 한 개 더!

박 군	역시, 나의 기억력이란! (사과 하나를 장씨에게 건네며) 드세요.
장 씨	괜찮습니다 전.
김사장	아이고. 가난한 취준생이 무슨 돈이 있다고, 기특하네. 기특해.
박 군	1+1~ (흥얼거린다)
장 씨	(끄덕) 그럼, 고맙습니다.
김사장	그래그래. 한동네 사는 이웃끼리 나눠 먹고 얼마나 좋노.
박 군	그런데 말입니다. 이 사과를 깎아 먹을.
김사장	칼이 필요하네. 응, 글치. 어이 장씨. 거 칼 하나 주소.
장 씨	(새 칼을 들고 오더니) 1+1···.
김사장	아··· 1+1이네··· 맞네.
박 군	(말하면서 사과를 자른다) 맨날 시험에 떨어지니까 별의별게 다 원망스럽더라구요. 이놈의 흙수저인생. 돈 많은 애들 성격 더러운 거는 다 옛말이지 말입니다. 요즘은 잘 사는 집 애들이 성격도 좋아요. 키도 크고 얼굴도 잘 생기고. 집안 화목, 공부도 잘함. 저 같은 건 아무리 따라가려고 해도 안 돼요. 불공평한 세상, 그나마 공정하게 시험쳐서 합격하면 내 인생 그래도 좀 나아지겠지 했는데 공무원시험, 그거 칠 수 있는 것도 특권이더라구요. 공부도 시간이 있어야 되잖아요. 돈이

있어야 되지… 저야 눈 딱 감고 이러고 있는데 올해도 떨어지면 계속할 수 있겠나 싶네요. 매년 그런 마음이에요. 하루 세끼 다 먹으면 알바비로 충당이 안 돼요. 그래도 저는 아저씨가 먹을 것도 챙겨주시고, 요 1+1 이 있어서 버틸 수 있는 것 같아요. 1+1 이거 쉬운 거 아니에요. 너 잘 버티고 있어, 내가 그 힘만큼 꼭 보태줄게, 그런 의미로 전 감사하게 생각합니다. 오늘은 아저씨가 그 힘을 주셨네요. 고맙습니다. (칼을 들어 보이며) 아저씨도 힘내세요. 제가 오늘 제가 드릴 수 있는 거 드린 거예요. (사과를 가리키며)

박군이 콧노래를 부르며 나간다. 남아있는 김 사장과 장씨 정적이 잠시 맴돈다.

김사장   장씨, 별 거 아니라고 해도 장씨 덕분에 저렇게 행복해 하는 사람도 있다네. 그러니….

장씨 고개를 떨군다. 이윽고 결심한 듯 다시 칼을 바로 세워서 카운터 앞으로 조심스레 내민다.

장 씨   (고개를 가로 저으며) 전 더 버틸 힘이 없어요. 죄송합니다. 돈을… 주세요. 죄송합니다.

김사장	장씨, 꼭 그래야겠나?
장 씨	돈을 주세요. 돈을 주세요. 돈을 주세요. 이제 갈 데가 없어요 더는. 그러니 제발 돈을 주세요!

어디서 나타났는지 등 뒤에서 불쑥 나타난 술에 취한 정양 끼어들며.

정 양	돈을 주세요!
장 씨	(놀라서 돌아보며) ?
정 양	과장님! 돈을 주시라구요~
장 씨	저….
정 양	어라? 눈빛 봐라. 안 주겠다 이건데. 과장님! 마지막 경고예요. 돈을 주세요. 그렇게 만지고 싶으면 돈을 주시라구요. 과장님이 돈이면 다 된다면서요. 나는 돈으로 안 되는 게 있는데 과장님은 다 된다 하니까. 그럼 돈을 주시라고. 알았냐고?
김사장	왜 이렇게 술을 많이 마셨어. 무슨 일 있었어?
정 양	어? 아저씨. 아저씨가 나 구하러 왔어요? (쳐다보더니 이윽고 울음을 터뜨리더니) 아저씨~엉엉엉~

장씨와 김 사장 어쩔 줄 몰라 하며 서 있다.

정 양 휴지~

김사장 어. (휴지를 건넨다)

정 양 (코를 풀고 눈물을 닦고 입을 닦고) 물~

장 씨 (김 사장을 보더니 물을 갖고 와서 건네며) 여기.

정 양 (물을 마시더니 진정되는 듯) 아저씨. 과장새끼가요. 회식
하는데 불여시를 옆에 끼고 자꾸 여기저기 터치하는
데 딱 봐도 그 어린 게 웃지도 못 하고 울지도 못 하고.
내가 참을려고 했는데.

김사장 좀 참지….

정 양 어떻게 참아요? 딸 같아서 그런다면서 개소리 하더니
화장실 가는데 뒤따라가더라구요. 내가 따라 나갔으니
망정이지. 근데 나 보고… 그럼 꿩대신 닭이라고. 니가
땜빵이라도 할 거냐며….

김사장 (분노를 삭이며) 어떻게 해줄까? 말만 해.

정 양 아저씨. (장씨를 가리키며) 이 새끼 죽여주세요. 야 이 새
끼야! 너 이 새끼 옷은 언제 갈아 입었대.

장 씨 저는 아닌….

정 양 이거 봐 이거 봐. 발뺌하는 거 봐. 너 증거 다 있거든.
나 지금 계약직이라고 너 함부로 대하는 거지? 그래
넌 정규직이다 이거지?

장 씨 저 정규직 아니에요.

정 양 발뺌하는 거 봐. 그래 어차피 계약직, 내가 너는 반드

시 잡고 간다. 야 이 새끼 너… (옷을 잡아당기며 달려들 요
량으로)

김사장 (말리며) 아니 저 여기는 장씨.

박군이 들어온다.

박 군 아저씨. 이거 불량인지… (발견하고 놀라서 달려오며) 누
나! 누나, 왜 그래요?

김사장 오늘 회사에서….

박 군 과장 그 새끼가 그랬죠? (칼을 집어 들고 나가려 한다)

장 씨 (놀라서 말리며) 어어어 참으세요. 참으세요.

김사장 그래. 일단 참고. 얘부터 챙기자.

박 군 (울다가 지친 정양을 부축해서 일으키며) 아저씨, 누나 데려
다 줄게요.

김사장 그래.

박군이 정양을 부축해 나간다. 그 모습을 바라보는 장씨와 김
사장 안도의 한숨을 쉰다. 어질러진 물건을 같이 정리한다.

김사장 젊어도 나이를 먹어도 다들 힘들게 살지. 사는 게 쉽지
가 않아. 나도 그랬어. 무슨 일인지 모르겠지만 지나간
다 생각해봐. (김밥을 건넨다) 밥 먹어. 빵 먹지 말고.

장 씨   (김밥을 내려다보더니) 죄송합니다. (돌아서려다) 천원만 주십시오.

김사장 멈칫하더니 묻지 않고 천원을 건넨다. 장씨 김밥을 가지고 나간다. 김 사장 그 모습을 바라본다. 조명 페이드 아웃.

3장

박군이 편의점 바닥을 청소하고 있다. 김 사장은 물건 정리를 하고 있다.

김사장   그것만 하고 그만해. 공부할 시간도 없으면서.

박 군   네. 이거라도 도와드려야 제 맘이 편하죠.

김사장   그래. 덕분에 맨날 우리 편의점 바닥이 반짝반짝하지. (검은 봉지를 들어보이며) 여기 챙겨놨다. (밖에 보더니) 알지? 티 안 나게.

박 군   (밖에 보면서) 예. 감사합니다. 꼭 은혜 갚을게요.

김사장   은혜는 무슨. 한동네 사는데 서로 돕고 사는 거지.

'띵동' 소리와 함께 송할매, 병이 든 박스를 들고 정양이 들어온다.

정 양 저 왔어요.

김사장 오늘도 많네요.

송할매 응, 많지. (정양을 본다)

박 군 누나, 혼자 술을 얼마나 마신 거예요?

정 양 그만해라.

김사장 뭘 그만해. 좀 줄여.

정 양 나 술 줄이면 할머니 섭섭할 걸요?

송할매 뭘 섭섭해. 니 술병 안 팔아도 된다. 쪼매난 게 뭐한다 꼬 술이랑 친구하노. 나가서 연애도 하고 친구도 만나 고 그라믄 되지.

정양·박군 할머니. (동시에 부르고 이상하다는 듯 서로 마주본다)

송할매 살아봐라. 이 나이 되면 눈에 보이는 게 다가 아닌 기 라. (웃으며)

김사장 자자 그만들 하시고 앉으세요.

모두 테이블에 앉아서 서로 눈치를 본다.

김사장 먼저 할머니.

일동 긴장한다.

김사장 100점!

송할매 거 봐라.

김사장 타이밍 좋았고, 연기력 좋았고, 마무리까지 깔끔했습니다. 다음 박군, 70점!

박 군 아, (실망하며 슬픈 눈빛으로) 70점은 불합격인데.

김사장 (당황하여) 아 글라. 그라믄 80섬?

박 군 그것도 불안해요.

정 양 으이구. 좀 잘 하지. 근데 점수가 왜 그래요?

김사장 1+1. 할머니가 한바탕 선전하시고 가셨는데 이 녀석이 1+1이라고 하면서 하나만 들고 갔어.

정 양 예?

송할매 으이구

박 군 죄송합니다. 편의점에서 유용한 방법인 그것뿐이라.

정 양 아니 그럼 하나만 들고 가고, 하나는?

김사장 (끄덕)

정 양 야이씨 너!

김사장 (말리며) 아이고 그래도 사과도 나눠주고.

정 양 그래도!

김사장 너는 50점!

송할매 또 술주정했구만.

정 양 (머쓱해하며) 아니 뭐 메소드연기라고 하는 거지 그거를….

박 군 네. 제대로 메소드 하셨죠. 장씨 아저씨한테 과장새끼라고 멱살을 잡고.

송할매   뭐라?

김사장   그래. 휴~ 뭐, 그래도 맥을 잘 끊었다, 그래서 50점 주는 거야.

정 양   감사합니다.

송할매   그래서? 장씨는?

김사장   정양이 한바탕 하고 가는 통에 딱 맥이 풀려서… 김밥 쥐어줘서 돌려보냈어요. 다시 안 와야 될 텐데.

박 군   그러게요.

송할매   도대체 무슨 일이라. 아 회사 가 있어야 될 사람이 버스정류장에 내 앉아 있길래 이상하다 했지 내가.

정 양   저두요. 회식하다가 우연히 술집에서 봤는데 혼자 술 드시고 뭐 억울하다면서 막 울더라구요. 모른 척 할랬는데 술집 사장님하고 시비가 붙어서 싸움나겠다 싶어 뭐 마음에 안 들어도 어떡해 아는 사람인데 말려야지. 근데 의아하긴 했어요.

김사장   박군아 좀 알아봤어?

박 군   네. 장씨아저씨, 현다이건설 다니는 게 아니라.

정 양   아냐?

박 군   (끄덕) 현다이건설 사내 하청이더라구요. 20년을 일해도 기본급이 너무 낮아요. 그나마 최저임금 올라서 나아지려나 했는데 글쎄 최저임금 오르니 기본급을 깎아서.

정 양　뭐야? 이런 쒸.

송할매　그놈들이 칼만 안 들었지 강도네 아주. 사람을 그래 부려 먹고 돈도 제대로 안 주고.

김사장　하청이면… 그런 거야 부지기수지. 장씨가 맘고생 많았네. (박군에게) 그래서?

박 군　너무 열악하니 최근에 사람들이 노조를 만들었나 봐요.

송할매　잘 했네.

박 군　그거 하면 정규직 된다 그랬다나. 노조 만들어서 회사랑 협상하는데….

정 양　그래서?

박 군　회사가… 폐업했대요.

모 두　(놀라며) 어?

송할매　아니 왜?

정 양　협상하다가 웬 폐업?

김사장　그것들 하는 짓거리 여전하구만.

송할매　무슨 말이라?

박 군　폐업신고하면 그만이에요 할머니. 경영상의 어려움으로 폐업한다는데. 그건 해고도 아니고 그냥 회사가 없어진 거라서.

정 양　법적으로 문제가 없다? 각 나오네. 위장폐업.

박 군　네. 근데 폐업은 폐업인데 시위한다고 회사에 손해를

끼쳤다나 뭐라나. 손배가압류까지 들어오니까.

송할매   아이고. 강도놈들.

정 양   세상 참 더럽다.

김사장   있는 사람들이 더 하지

정 양   아니, 합법이면 다예요? 20년 넘게 다닌 회사, 하루아 침에 직장 잃는 게… 그게 합법이면 억울한 거 슬픈 거 화나는 거 다 없어지는 거냐구요?

김사장   우리가 사는 세상이 그렇더라.

정 양   이게 정상이냐구요?

송할매   정상 아이다. 이게 어디 정상이고.

저마다 슬픔과 절망의 감정에 힘들어 한다.

정 양   아저씨는 알고 계셨던 거예요?

김사장   나도 자세한 건 모르고. 그냥 매일 김밥을 사 가던 사 람이 한달 전쯤부터 빵을 사 가기 시작하더라고. 갑자 기 입맛이 변한 건 아닐 테고… 김밥 살 돈이 없구나, 무슨 일이 있구나 했지.

송할매   먹고 살자고 하는 일인데, 먹고 사는 것도 힘들었으 니… 그 심정이 오죽했겠나.

박 군   그러게요. 배고픈데 돈 없는 거만큼 서러운게 없는데. 아저씨 가여워서 어떡하죠.

모두 침울하다.

정 양 아 뭘 어떡해요. 장씨아저씨 지치지 않게 으쌰으쌰 해 주고 나쁜 맘 못 먹게 가만 가만 해 주고! 하던 일 계속 해야죠! 할머니 지금처럼 동네 다니시면서 장씨아저씨 위치파악 하시구요. 아저씨 계속 편의점 잘 지키시고, 그 폐기 나오면 얘만 주지 말고 장씨아저씨 좀 챙겨주세요. 그리고 너, 아저씨 회사 문제 어떻게 되는지 계속 알아보고. 다들 아셨죠?

일동 자기도 모르게 고개를 끄덕이고 돌아서려다. 이내 정신을 차리고 정양을 본다.

정 양 왜요?

송할매 니….

김사장 장씨 싫어하지 않았냐? 사람이 괜히 음침하다 뭐….

박 군 숨기는 거 같다….

송할매 귀가 없나 입이 없나, 뭐라 했던 거 같은데.

정 양 (머쓱해하며) 뭘 또 싫어하기까지 해요. 그때는 그때고 지금은 지금이지. 뭐 어쩔 거예요. 서로 돕고 살아야지. 그리고 내가 장씨아저씨 돕는건가. (편의점 김 사장 가리키며) 아저씨 돕는 거지. 아저씨 편의점 털리면 안 되잖아요.

그때 '띵동' 소리와 함께 경찰이 들어온다.

김사장 어서 오세요.

경 찰 저기 점장님 계시나요?

김사장 예 여기 있습니다. 무슨 일이시죠?

경 찰 여기 편의점에 강도가 들었다고 해서요.

일동 눈이 휘둥그레진다.

송할매 아이고 강도가 들기는 뭔 강도가 들었다고 그라노. 그
런 거 없습니더.

김사장 예. 보시다시피 멀쩡합니다.

박 군 이런 작은 가게에 강도가 들어서 수익이 얼마나 발생
하겠습니까. 잘못 알고 오신 것 같습니다.

경 찰 피의자 본인이 자수를 하셨습니다. 직접 이 가게에 범
행을 저질렀다고 해서요.

김사장 네? 아니 누가?

정 양 설마?….

경 찰 짐작가시는 분이 계신가요?

정 양 (고개를 절레절레 흔들며 뒤로 빠진다)

경 찰   수사를 해야 하니 협조 부탁드립니다.

다들 딴청을 피운다.

경 찰   먼저 CCTV부터 보여주시죠.
김사장   아…. (어쩔 줄 몰라 한다)
정 양   (복화술로 작게 박군에게) 씨씨티비를 생각을 못 했네.
박 군   그러게요.
송할매   뭐 한 게 없는데. 할라고 한 거 가지고.
정 양   칼. 칼이 문제죠. (목소리가 크게 나와서 놀라서 입을 막는다)
경 찰   네?
김사장   여기… 있습니다.
경 찰   네 한번 볼까요? (한참 보더니) 혹시 이 사람 아는 사람
        인가요?

다들 놀랐지만 경찰이 시선을 돌리자 딴청을 피운다.

경 찰   (시선을 화면에 떼지 않으며) 이 사람 좀 보세요. 왜 박스를
        계속 묶어 놓는 거죠? 박스에 집착하는 거 같은데요?
송할매   박스? (보더니) 아니… 이 사람이… 그랬네. 내가 얼마
        전부터 김 사장이 박스 가져가기 좋게 끈으로 묶어 놔
        서 참 고맙다 싶었는데.

김사장 제가 아니라.

송할매 그러게 김 사장이 아니네. 장씨가 내 일 수월하게 하라고 저래 묶어 놨네. 그라고보이 언덕배기에서 고생하고 있으면 뒤에 와서 조용히 밀어주고 가고 그랬다. 사람이 심성이 착했다.

경 찰 최근 일주일간 반복적으로 가게 앞을 서성거리다가 누가 오면 급하게 사라지네요. 어? 이 사람은… (송할매, 박군, 정양을 차례대로 보더니 정양에게) 어! 이 여성분이네요. 이 여성분.

정 양 (보더니) 이 새끼가

김사장 정 양, 말을 좀.

정 양 아저씨. (놀라운 듯, 무서운 듯, 서러운 듯) 과장 새끼가 여기까지 나 따라왔네요.

김사장·박군 뭐?

정 양 (보다가 놀라더니 글썽이며 김 사장에게) 아저씨, 장씨아저씨가 나 따라나서는 거 아셨어요?

김사장 정양 술 취해서 요 가게 문 나서면 장씨가 보고 뒤따라 가길래 처음에는 이놈자식 혹시나 했는데 그게 아니라 혹시 위험하다고 뒤에 멀찌감치 따라간다고 하대. 그 말 듣고 보니 사람 진국이다 싶더라. 니한테는 따로 말하지 말라 하더라. 괜히 겁먹는다고.

정 양 그랬구나.

송할매   장씨가 이래저래 애썼네.

박 군   네. 저한테도 잘 먹어야 공부도 열심히 할 수 있다고 일부러 1+1, 2+1 사서 다 저 주셨어요.

송할매   글라.

사이.

경 찰   이 분이 맞네요. 자수하신 분. 자기가 편의점 사장님께 칼로 협박을 해서 뺏어 온 거라며 천원을 내밀더라구요. 천원을… 칼로 협박해서 뺏어간 게 맞나요?

김사장   그게… 협박해서 줬다기보다….

경 찰   김밥도 본인이 돈 안내고 가져온 거라고 자수하셨어요. 저희도 이상해서. 편의점 강도가 천원, 김밥 한 줄 자기가 강도짓 했다고 자수를 하길래… 이상해서 조회해보니 최근에 직장 잃고 손해배상 소송까지 들어와서 경제적으로 어려웠던 거 같더라구요. 장난은 아니구나 했는데 혹시나 해서 현장 조사 나왔습니다. CCTV 자료는 제가 가져갈게요. 여기 당시 현장이 녹화되어 있네요. (챙겨서) 그럼 협조해 주셔서 감사합니다.

송할매   가만! 순경양반, 장씨는 어째 되는 기라요?

경 찰   글쎄요. 적은 금액이긴 한데… 최근에 편의점 대상으

로 코로나 장발장이다, 생계형 강도다, 너무 많아서 다 선처가 될지 모르겠어요. 그럼. (인사)

경찰이 나간다. 사람들 멍하니 먹먹한 마음으로 각자 생각에 잠긴다. 조명 페이드아웃.

4장

'띵동' 소리와 함께 송할매 손에 두부 한 모를 사서 들고 온다.

송할매 여기. (건넨다)

김사장 아유 뭐하러 사오셨어요. 요즘 편의점에 없는 게 없는데.

송할매 금방 한 거라 뜨시다. 뜨신 거 먹여야지.

김사장 예. 뜨끈뜨끈하네요. 아무리 편의점에 없는게 없어도 못 따라 가는 게 있네요.

송할매 (끄덕) 인자 오는 거 맞지?

'띵동' 소리와 함께 정양, 박군 같이 들어온다. 박군 박스를 들고 온다.

김사장 같이 오네. 뭘 그렇게 들고 와?

박 군 누나 거예요.

정 양 저 그만뒀어요.

김사장 (어깨를 다독이며) 고생했다.

송할매 쪼매난 게 맘고생이 많았네. 애썼다.

정 양 네. 다들 고맙습니다. 제가 이렇게 귀한 사람인데 귀한 대접 받고 일해야죠. (웃음) 과장새끼 꼭 법으로 처벌하고.

박 군 (박스에서 초콜릿을 꺼내며) 누나 이거 먹어도 돼요?

정 양 (다급하게) 안 돼.

박 군 (머쓱해 하며) 아니 겨우 초콜릿 하나 가지고… 민망하게.

송할매 그래. 아 무안하게. 나눠 먹으면 되지.

정 양 저, 퇴사 기념품이에요. 그 붕어시가 주더라구요. 고마웠다고. 존경한다면서. 편지도 써 주던데요. 그래도 회사 다니면서 기 안 죽고 할 말 하고 바르게 살았다고 주는 표창장 같네요.

김사장 (반기며) 그렇네. 인정받았구만.

정 양 그죠?

박 군 아마 그 과장도 누나가 그만두고 얼굴 들고 회사 다니기 힘들겠네요.

정 양 그런 새끼는 쪽을 팔아 봐야 된다니까. 또 열 받네. 회식할까요, 회사 그만 둔 기념으로다가.

송할매	응. 쪼매 있다가 같이 가자. 인자 금방 온다.
정 양	(시계 보더니) 아 그렇네요.
송할매	인자 뭐할끼고?
정 양	저 쉬는 거 못 해서. 바로 입사원서 또 넣었어요.
김사장	어디?
정 양	찐이슬.
송할매	결국 술도가 근무를 하네.
박 군	진작에 넣지 그랬어요. 주류회사, 누나랑 잘 어울려요.
정 양	어디 가도 잘 어울리거든. 할머니. 이제 초록색병 더 많이 드릴 수 있을 거예요.
송할매	좋아해도 되나, 이거를 참.
김사장	딱 됐네요. 이제 공식적으로 술 냄새 나겠네요.

모두 웃는다.
'띵동' 소리와 함께 장씨 들어온다. 모두 따뜻한 표정으로 바라본다. 박군 다가가서 손을 잡고 데리고 온다.

박 군	아저씨!
송할매	고생 많았네.
김사장	다들 기다렸어.
정 양	아저씨, (박스에서 초콜릿을 꺼내서 준다) 회사에서 받은 표창장인데요. 제가 감사한 분께 드리는 게 좋겠네요. 감

사합니다. 저 지켜주신 거.

김사장 우리도 니 맨날 지키는데.

박 군 저는 누나 술주정 소리만 들어도 자동으로 허리가 굽는다니까요. 파블로프의 개도 아니고 술냄새 나면 누나 업어야겠다 자동으로 몸이 준비를 하나봐요.

송할매 (웃음) 주인 지키는 개 같기는 하더라.

박 군 아 할머니.

김사장 (웃다가 생각난 듯 두부를 가져와 주며 송할매를 가리키며) 직접 사오셨어.

송할매 뜨실 때 먹어라. 잠깐이라도 갔다 온 거는 갔다 온 기재. 먹고 기운 내라.

장씨 받아서 한입 베어 문다.

장 씨 죄송합니다. 그리고 정말 고맙습니다.

송할매 말 안 해도 안다.

정 양 할머니. 말해야 알죠. 아우. 아저씨 말씀이 없으셔서 오해했잖아요. 이상한 놈… 아니 이상한 사람인 줄.

송할매 니나 글치 뭐.

정 양 할머니. 여기서 다 까요?

송할매 시끄럽다.

정 양 꼭 불리하면 시끄럽대. 그치?

박 군   빈도수로 살펴봤을 때….

장 씨   말을 해도 안 들어주더라구요. 저 같은 사람 말은. 나
       도 여기 있다, 나 여기 살아 있다, 아무리 말을 해도 안
       들어 주는 거 같았는데. (사람들을 보며) 애써 말하지 않
       아도 제 마음을 들여다보고 들어 주셔서 늘 힘이 됐습
       니다. 내 인생, 배운 것도 가진 것도 없이 바닥이라 생
       각했는데 이 곳에 오면 1+1으로 덤으로 주는 마냥 제
       게 힘을 주셔서… 정말 행복했습니다. 진심으로.

송할매   덤 아니다. 열심히 지 인생 정직하게 살아가면 그게 1
       을 하는 기재. 1+1 아무나 주나.

박 군   아무나 안 줘요 아저씨. 1+1도 상품 없으면 사고 싶어
       도 못 사요. 덤으로 줘도 안 가져가는 사람도 있고, 그
       것만 찾아서 필요 없는 물건을 사는 사람도 있고. 1+1,
       아저씨 거 맞아요.

정 양   정답! 합격!

       일동 웃는다. 문자 오는 소리가 나오고 박군이 핸드폰을 본
       다. 사람들 웃는 틈 사이로 박군이 소리를 지른다.

박 군   합격! 저 합격했어요!

송할매   잘 됐네.

김사장   축하한다 박군아

장 씨	축하해요.
정 양	(울먹이며) 야… (괜히) 너 한턱 쏴!
박 군	네. 누나, 맛있는 술 한잔 같이 해요.
정 양	당연하지.
박 군	우리… 둘이요.
정 양	응?
송할매	(웃으며 놀린다) 쪼매난 아들이….
김사장	거 같이 술 한잔해라. 술 취해도 업어다 주니 걱정 없구만.
정 양	(새침한 표정으로) 그러던지.

모두 웃으며 좋아한다. 암전.

에필로그

CCTV 화면으로 웬 사람이 문 앞을 기웃거린다. 주변을 살핀다. 문 앞에서 들어갈까 말까 망설이는 듯 하다. 갑자기 놀라서 한쪽을 바라보더니 빠르게 사라진다. 이윽고 정양과 박군이 손을 잡고 편의점 문을 연다.

정 양	아저씨. 1+1 준비해야겠어요.

김사장   응 준비하마.

김 사장은 빵을 담은 바구니와 푯말을 들고 나와 무대 가운데 놓고 간다.
푯말에는 '열심히 살아 온 당신은 이미 충분합니다. 나의 온기를 나눕니다. 힘내세요'라고 붙어있다.

끝.

빛을 따라가는 아이

최미향
멘토 김성희

등장인물

해월   54살. 어린이집 보조교사이다.
           소심하고 예민하며 허약체질이다.
우석   58살. 해월의 남편, 쾌활하고 정이 많다.
정희   54살. 해월의 친구, 사치와 욕심이 많다.
경란   54살. 해월의 친구, 외향적인 성격이다.
구현   62살. 구현최면심리상담소장.
           인간미와 유머가 있는 유명 상담가이다.
소영   47살. 라인댄스 강사, 상냥하고 친절하다.
다른해월
해월엄마
동네사람 2명

시간

2021년 겨울~2022년 겨울

장소

해월 집, 최면심리상담소, 라인댄스 교실,
방송국 스튜디오.

무대

SL에는 소파, 가족사진, 꽃병, 옷걸이가 있고, SR에는 책상,
최면용 의자, 소장의 의자와 작은 탁자가 있다.

1장

어두운 조명.

해월 집 거실.

해월, 지친 모습으로 등장해 소파에 겨울 코트와 머플러, 가방을 놓고 앉는다.

우석(소리) 당신 왔어?

해월 응. (사이) 내가 왜 그랬지? 안 된다고 할걸. 난 왜 거절을 못하는 거야. 안 되겠어. 낼 어린이집에 출근하면 말해야지. 아이. (머리를 긁으며) 왜 진작 말하지 않았냐고 짜증내면 어쩌지 아 머리야, (소파에 머리를 대고) 추워.

몸을 떨고 구역질을 하며 화장실을 향해 무대 밖으로 나간다.

해월 (구토하는 소리)

우석(소리) 등 좀 두드려 줄까?

욕실 장면은 실루엣 효과.

(효과음) 우석, 해월의 등을 두드리는 소리.

(효과음) 변기 물 내리는 소리 / 해월의 한숨 소리.

(효과음) 해월, 욕실에서 넘어지는 소리.

우석(소리) (놀란 목소리로) 어 어 당신 괜찮아? 많이 어지러워? 조
심 조심.

조명이 밝아진다.

해월, 우석의 부축을 받으며 등장하여 몸을 떨면서 수건으로
입을 닦고 거실 소파에 앉는다.

우석 난 또 지난번처럼 구급차 불러야 하나 했네. (해월의 이
마를 손으로 짚으며) 열도 나고. (해월의 손도 잡으며) 손은
또 왜 이리 차.

해월, 우석의 손에서 자신의 손을 뺀다.

우석 허구한 날 이래서 사람이 어떻게 사냐? 이 병원 저 병
원 다녀봐도 병명도 알 수 없고 참. 우리 회사 사장님도
늘 머리가 아프다고 진통제를 달고 살더니 오늘 MRI
찍어본다고 병원 가시더라고. 별일 없어야 될 텐데.

해월, 코트로 몸을 덮는다.

우석	당신은 겨울이 되면 더 자주 아픈 것 같더라. 참 족욕 할래? 그래 그러자. 우선 좀 쉬고 있어. 준비해서 올게. 내가 누구야! 오매불망 당신만 바라보는 순수한 청년! 청년? 청년은 아니지. 그럼 노년? 에이 그건 더 아니지. (호탕하게 웃는다) 아! 마누라 보이, 그래 그거야. 나는 마누라 보이다!
해월	정말 싫어. 이 머리 없이 살 수는 없는 거야?
우석	당신 영양실조 아니야? 소화불량에, 늘 제대로 먹지도 못하고. (한숨 쉬고) 있어 봐. 족욕 하기 전에 내가 계란 죽이라도 얼른 끓여줄게. (장난스런 목소리로) 오늘은 내가 요리사!

우석, 주방으로 나간다.

해월	난 왜 이럴까? 남들보다 더 힘든 일을 하는 것도 아니고, 먹는 것도 그다지 부실하지도 않은데. 조금만 신경 쓰면 (한숨을 쉬며) 사지에 이렇게 힘이 빠지니.

(효과음) 주방에서 그릇 떨어뜨리는 소리.
해월, 놀라며 귀를 막는다.

우석	(얼굴만 삐죽이 내밀며) 윽 미안. 국자를 떨어뜨렸어.

해월   시끄러. 시끄러운 거 싫다고. 밝은 빛도 싫어. (머리를 소 파에 묻으며) 불 꺼.

조명이 어두워진다.
잔잔한 음악이 들려온다.
해월, 두 손을 모아 정면을 본다.

해월   하느님 부처님 또 음, 성모마리아님 (생각을 하고) 알라 신? 신 신? 고무신 아 뭐야. 어쨌든 모든 신이시여! 저 좀 봐주세요. 저 어떡해요. 저 왜 이런 거에요. 시도 때 도 없이 아무런 이유 없이 이렇게 아플 땐 정말 미치 겠어요. 돌아버리겠다구요. (일어선다) 모르겠어요 정말. (서성인다) 제 머릿속은 (머리를 잡고) 왜 이리 복잡할까 요. (가슴을 치며) 여기 뭔가 있는 것 같아요. (울먹이며) 어 떻게 살아야 할지를 모르겠어요.

암전.

2장

밝은 조명.

해월 집 거실.

(효과음) 전화벨 소리.

무대 뒤에서 정희와 경란의 전화 목소리가 들린다.

경란(소리) 여보세요. 응 정희야, 지금 어디야?

정희(소리) 응. 여기 백화점.

경란(소리) 아직도 백화점이야?

정희(소리) (미안한 듯 웃으며) 응 미안, 원피스는 샀는데, 이 원피스랑 딱 어울리는 봄 구두가, 저도 함께 데려가 주세요 요렇게 말하잖아. 그래서….

경란(소리) 야! 에이그 쇼핑중독!

정희(소리) 어머 얘는, 좋아는 해도 중독은 아니다.

경란(소리) 아니긴 뭐가 아니야? 약속시간도 제대로 지키지 않고 쇼핑에 정신 팔려있잖아.

정희(소리) 뭐 그건….

경란(소리) 어쨌든 빨리 나와! 해월이 기다리겠다. 나도 배고파.

정희(소리) 알았어, 계산만 하면 돼. (코맹맹이 소리로) 그 마트 앞으로 갈게.

해월, 무대로 나와 집을 청소한다.

소품 배치를 바꾸며 우왕좌왕 긴장하는 모습이다.

경란(소리) 그래. 해월이 이사도 했으니까 뭐라도 좀 사서 가야지.

정희(소리) 알았어. 총알같이 달려갈게.

경란(소리) 또 늦으면 너랑 절교다.

정희(소리) 또 그 소리. (코맹맹이 소리로) 경란 언니~ 좀 봐 줘.

경란(소리) 저 코맹맹이 소리. 언제나 안 들으려나.

(효과음) 핸드폰을 끄는 소리.

정희(소리) 어 경… 에그 성질머리하고는. 말을 말자. 나나 되니까 저 성질 받아주지. 아! 죄송해요. 여기 카드 있어요. 6개월 할부로 해주세요.

해월, 소파에 앉는다.

해월 (핸드폰을 보며) 배달의 만족. 뭘 먹지? (생각에 잠기더니 이내 소리 없이 웃고 주위를 둘러보며) 청소는 이만하면 되겠지. 참 내 정신 좀 봐. 약 먹는 걸 깜빡했네.

무대 밖 주방으로 나간다.
(효과음) 초인종 소리.
해월, 급하게 등장한다.

해월   누구세요?

정희   우리 왔어.

정희는 꽃다발을 손에 들고 있다.

해월   어서 와. 잘 찾아왔네.

경란   내가 누구야. 나 원래 길 찾는 데 선수잖아.

해월   맞아, 너 학교 다닐 때도 길 찾는 데는 선수였어.

정희   기집애, 생각보다 그렇게 깨끗하게 해놓고 사는 편은
      아니네.

경란, 집을 둘러본다.

해월   응?

정희   농담 농담, 우리 온다고 너무 신경 쓴 거 아니야? 자!
      해월이 너 닮은 꽃. (웃으며) 해월이는 언제나 이 꽃처럼
      아름다워. 화도 내지 않는 천사. 화는 경란화라고 아실
      지 모르실지. (경란이를 보며) 알지? 해월아.

경란   야!

해월   (받으며) 고마워. (주변을 둘러보며) 여기다 둘까? 아님 저
      기다 둘까? 어디에 두면 더 예쁠까?

정희   (소파 옆의 화병을 가리키며) 여기다 두면 되겠네.

해월, 화병에 꽃을 꽂으며 고개를 끄덕인다.

경란   (가족사진을 보며) 어머, 아들딸이 많이 컸구나. 아들이
        아빠를 많이 닮았네. 자세히 보니 어릴 때 모습이 남아
        있어.

해월   응, 클수록 제 아빠를….

경란   (말을 가로막으며) 딸은 너랑 똑같아.

해월   응, 그래도 외할머니를 더 닮았….

경란   딸래미는 너 닮아서 착하지?

해월   (멋쩍게 웃는다)

정희   와~ 베란다에 화분들 좀 봐. 꽃 색깔도 곱고 잎들도
        건강해 보여.

해월   응, 그건 남편이 식물을 좋아….

경란   아~ 목마르다.

해월   그래? 앉아. 차부터 마시자.

경란   난 물.

해월   알았어.

정희   난 커피. 블랙으로.

해월   알았어. 좀 앉아있어.

해월, 무대 밖으로 나간다.

경란 아~ 배고파.

정희 뭐 먹을까? (핸드폰으로 배달 음식 메뉴를 찾아본다) 배달 음
       식이 좋아, 그치? 설거지 안 해도 되구.

경란 그래. 우리끼리 이야기할 시간도 더 많구. 음~ 좀 매콤
       한 걸로 찾아보자.

       정희, 경란을 빤히 쳐다본다.

경란 왜?

정희 늦둥이?

경란 (큰 소리로) 야!

정희 깜짝이야. 애 떨어지겠네.

경란 (정희를 빤히 쳐다보며) 너….

정희 야! 어떻게 알았어?

       경란과 정희, 함께 웃는다.
       해월, 차를 들고 들어온다.

해월 자! (차를 탁자에 놓는다)

경란 (핸드폰을 보며) 해월아, 우리 짬뽕마라탕으로 먹자. 짬뽕
       식 마라탕.

정희 (핸드폰을 보며) 마라샹궈 이게 더 좋은데 나는. 대자가 3

만 원이고 중자가 2만5천 원. 그리고 매운 단계도 선
택할 수 있어. 고기랑 야채, 버섯도 좀 추가하구.

경란   좋아. 갑오징어도 추가, 넙적 당면도 추가. 괜찮지 (핸드
폰만 보면서) 해월아?

해월   (불편한 표정 지으며) 괜찮아, 너희들이 좋다면야….

정희와 경란, 해월을 향해 비꼬는 듯 웃는 얼굴로 손가락질을
하는 동작으로 멈춘다.
해월, 관객을 보며 방백한다.

해월   난 마라상궈 별론데… 소화도 잘 안 되고….

정희와 경란, 동작 멈춤을 푼다.

정희   그럼 매운 단계를… 음~ 3단계?

경란   이왕 먹는 거 5단계로 하자.

해월, 놀란다.
경란과 정희는 해월을 의식하지 못한다.

해월   (조심스럽게) 여기 2단계 보통 맛은? (끝말을 흐린다)

경란   에이 그건 별루야. 해월이 너도 매운 거 잘 먹잖아.

정희	그럼 4단계로 낙찰!
경란	아쉽지만 그러자.
정희	자, 총무인 제가 주문합니다. (핸드폰 앱으로 주문한다)

해월, 관객을 보며 방백한다.

해월	(한숨을 쉬며) 어떡하지, 저렇게 매운 걸 먹으면 난 또 설사하고 머리도 아프고 한동안 고생할 텐데.
정희	경란이 네 큰 아들은 제대했어?
경란	담 달에. 나와도 큰일이다. 복학을 안 하겠대요. 학교를 그만둘 거래.
해월	왜?
경란	적성에 맞지 않는 과라나? 제대하면 적성에 맞는 과를 선택해서 다시 입시공부를 하거나, 적성에 맞는 일을 찾아보거나. 어이구 두야. 생각해 보겠답니다. 요즘 그게 대세라나 뭐라나. 미친놈 지랄염병을 해요.
해월	아이~ 아들한테. 그래도 자기 인생을 스스로 설계하겠다는 의지가 대견하다.
해월	(손을 머리에 대고 혼잣말로) 두통이 또 시작이야.
정희	그래 기특하구만. 돈이 문제기는 하다만.
경란	늦게 결혼해서 제 아빠랑 밤낮없이 뼈 빠지게 장사해서 번 돈으로 아들놈 학비 대주고 있는데, 얼른 공부

끝내고, 번듯한 직장에 취업도 하고 결혼도 하고 그래야지, 우리가 언제까지 자식 뒷바라지만 하냐. 나도 이제 온 뼈마디가 아파요. 어제도 병원 가서 뼈주사 맞고 장사했구만.

정희, 자신의 핸드폰을 친구들에게 보여 준다.

정희 이것 봐. 저번 주에 라인댄스 수업할 때 찍었던 영상인데, 어때 나 춤추는 모습 이쁘지? 이쁘지?

경란 야, 집어쳐. 합기도나 검도면 몰라도 얍 얍. (몸을 흔들며) 살랑살랑 그런 걸 어떻게 하냐.

해월, 경란의 우스꽝스러운 몸짓에 손으로 입을 막고 미소 짓는다.

해월 잘한다. 예쁘다 정희야.

정희 그렇지? 잘하지?

해월, 정희의 핸드폰을 들고 관심 있게 보며 벌떡 일어나서 몸을 조금 움직인다.

정희 어머 해월아 네가 웬일? 경란아 해월이 좀 봐.

경란   해월아 너 이런 모습 처음 본다.

해월, 얼른 자리에 앉으며 쑥스러워 한다.

정희   (일어서서 춤을 추며) 배운 지 6개월밖에 안 됐는데 이 정
        도면 정말 잘하는 거라며 나한테 재능이 있다고 해서.
        좀 더 배워서 라인댄스 강사로 활동하라고 하시네. 강
        사 수입도 제법 짭짤하대. 노후대책 겸.
해월   노후 걱정이 되긴 해. 나도 지금은 어린이집 보조교사
        를 하고 있지만….
정희   그래 여유시간도 있으니까. 너도 배워봐. (해월의 손을 잡
        고 춤을 추며) 일주일에 한 번만 가면 돼. 수요일 3시. (비
        꼬듯이) 경란이 저 기집애는 빼구.

경란, 정희를 때리려고 하고 정희는 달아나며 웃는다.

해월   음. (불확실한 답변으로)
정희   그럼 선생님께 말씀드려 놓는다? (소파에 앉는다)
해월   그런데….
경란   참, 정희야. 네 딸은 알러지 때문에 고생하더니, 괜찮
        아? (소파에 앉는다)
정희   응, 네가 소개한 한방병원. 거기서 준 약 먹고, 연고도

발랐더니 많이 좋아졌어. 고맙다 경란아. 경란이 없으면 내가 어떻게 살겠어. (손가락 하트를 날리며) 사랑해.

경란 　야 징그러워.

정희 　그런데 딸 때문에 미치겠다.

경란 　명품 좋아하고 사지만 부린다고 투덜대더니, 왜? 돈 사고 쳤어?

해월 　정말?

정희 　아니 남자친구라고 소개하는데, 인물이…. (고개를 저으며)

경란 　(빈정대는 말투로) 어떡하니? 네 딸은 너 닮아서 예쁘잖아. 그래? 영 아니야?

정희 　응, 영… (사이) 잘생겼어.

해월 　(미소 짓는다)

경란 　(정희의 등을 때리며) 뭐야 기집애. 사람 갖고 놀아?

정희 　아파. 그래도 남자를 보는 눈은 날 닮아서 꽤 잘생긴 놈을 물었더라고. 의대생.

해월 　좋겠다.

경란 　네가 눈이 높다고? 그래서 네 남편님의 인물이 그러셔? 에그 솔직히 말해봐. 너 뭐보고 네 신랑 선택했어?

정희 　야, 너 자꾸 이럴래? (화를 낸다)

해월 　에이 좋은 일인데… 지난 일은 자꾸 들춰내서 뭐해.

(효과음) 해월의 핸드폰 문자 수신음 소리.

해월, 핸드폰 문자를 확인한다.

(효과음) 문자 내용 목소리.

구현(소리) 안녕하십니까 전해월 님. 월요일 2시 해월님의 최면심
리상담이 예약되어있습니다. 변동사항이 있으시면 미
리 연락주십시오. 예약일에 뵙겠습니다. 구현소장 올림.

해월, 혼자 생각에 빠져있다.

정희 그래도 결혼시킬 생각하니 머리가 딱 아프다.

경란 네 신랑 사업해서 돈 잘 벌겠다. 무슨 걱정이야 네가.
그치 해월아.

해월 으, 응.

정희 요즘 경기가 안 좋아서 사업이 예전 같지 않아요. 간당
간당 힘들어. 요럴 때 덜커덩 그냥 아기나 가져서 얼결
에 후다닥 결혼했으면 좋겠다. 남자 쪽 집안이 자손이
귀하대.

해월 아이~. (멋쩍게 미소 짓는다)

경란 뭐야, 순진한 척. (해월을 보며)

정희 (손가락으로 해월의 허리를 장난스럽게 찌르며) 이럴 때 보면
해월이는 바보. 요즘은 임신해서 결혼하는 게 흉이 아

니야. 그렇지만 내가 딸한테 그러라고 말을 할 수는 없
잖아. 사실 아기 가진다고 결혼을 반드시 하게 될지 어
쩔지도 모르고.

경란   시댁에서 더 좋아할 수도 있지. 요즘은 또 불임부부들
도 많다잖아. 우리 때는 뭐 혼전임신이라고 해서….

정희   라떼 라떼. (노래를 부른다)

경란   어휴 틈만 나면 장난.

경란, 따라서 노래를 부른다.
해월, 조용히 웃는다.

경란   (해월의 어깨를 치며) 크게 좀 웃어봐.

정희   해월이 네 아들은 취직했다며?

해월   응.

경란   어느 회사?

정희   대기업?

해월   아니 중소….

(효과음) 초인종 소리.

정희   왔나 봐.

경란   아 배고파. 얼른 먹자.

해월   네. (일어나 밖으로 나가며)

암전.

3장

밝은 무대.
구현최면심리상담소 내 구현소장 사무실.
가장 오른쪽에는 컴퓨터가 놓인 책상이 있다.
조금 왼쪽으로 최면할 때 사용하는 내담자용 의자가 있다.
옆에 상담소장이 앉을 의자가 있다.

구현, 종이를 들고 이리저리 왔다 갔다 하며 읽는다.

구현   저는 늘 불안해요. 이유를 모르겠어요. 식사를 할 때
도, 맘 편히 천천히 먹지를 못해요. 설거지할 때도 마
찬가지입니다. 누가 재촉하는 것도 아닌데 속도가 빨
라요. 남편은 그걸 자랑으로 생각하며 다른 사람에게
말하기도 하더군요. 그런데 저는….

(효과음) 사무실 전화벨 소리.

구현, 책상으로 가서 전화를 받는다.

구현   네 구현최면심리상담소장 구현소장입니다. 네 그러시
군요. 알겠습니다. 그 부분은 상담실장이 더 상세히 설
명드릴 겁니다. 하하 네 감사합니다. 그러면 그때 뵙겠
습니다. (전화기를 다시 들고) 지금부터 전화기 돌려놔요.
2시에 곧 상담이 있을 테니까. (전화기를 내려놓고, 종이를
들고 다시 일어서서 읽어 본다) 그래도 기분이 좋고 편안해
지는 시간도 있긴 해요. 춤을 추고 있을 때가 그런 것
같아요. 지금은 아니지만, 어릴 때 무용을 배웠는데 그
순간만큼은 행복했던 것 같아요. 그리고 음악만 들으
면 머릿속에서는 늘 춤을 추고 있었어요. 그리고….

(효과음) 노크 소리.

구현   네.

해월   (긴장된 모습으로 들어오며) 저….

구현   해월 님?

해월   네.

구현   안녕하세요.

해월   안녕하세요.

구현   저는 구현이라고 합니다.

해월	전해월이라고 합니다.
구현	이리로 앉으시죠.
해월	(구현이 안내하는 의자에 앉는다) 네 감사합니다.
구현	아 더우세요? 에어컨 좀 틀까요?
해월	아뇨. 아직은 괜찮아요. 벌써 틀면 한여름엔….
구현	한여름엔 더 강하게 틀면 되죠. (크게 웃는다)
해월	(어색한 미소를 짓는다) (구현이 들고 있는 종이를 본다)
구현	아, (종이를 한번 보고 책상에 놓는다) 우리가 약속한 시간이 몇 시죠?
해월	(불안감과 당황스러운 모습을 보이며 느린 속도로) 2시 아닌가요?
구현	그렇죠. 하하하.
해월	(어색한 표정으로 안도의 숨을 쉬고) 네.
구현	두 시, 두 시라.
해월	(불안한 표정을 짓는다)
구현	우리 끝말잇기 한번 해 볼까요?.
해월	(눈이 휘둥그레지며) 네?
구현	두 시. 두 두 두부.
해월	(고개를 갸우뚱하며 혼잣말로) 뭐야. 두 시로 끝말잇기를 하게 되면, 시자로 시작해야지. 왜 두 자로 시작하는 거지?
해월	두부?

구현　네.

해월　그럼 저는….

구현　두부니까 부로 시작하는 말을 하시면 되겠네요.

해월　(고개를 갸우뚱하다가 다시 끄덕이며) 부 부 부뚜막.

구현　(크게 웃는다)

해월　(당황한다)

구현　아 아니요. '얌전한 고양이 부뚜막에 먼저 올라간다' 이 속담이 순간 생각이 나서요. 하하하, 미안합니다.

해월　(멋쩍게 웃으며) 네.

구현　그러면 나는, 막이라 막장드라마.

해월　(가볍게 폭소를 짓고) 그럼 전… 마 마 마부.

구현　(팔을 쭉 뻗으며) 부 부뚜막.

해월　(자리에서 일어나 두 팔을 번쩍 들며) 와~ 내가 이겼다. (밝은 표정으로) 좀 전에 제가 부뚜막이라고 했거든요.

구현　아! (주먹으로 여러 번 이마를 친다)

해월　(앉으며) 그런데 벌칙을 안 정했네요. 아까워라.

구현　(손목을 내밀며) 자, 제 손목을 때리세요.

해월　(놀라며) 아 아니에요. 그런 게 아니라….

구현　때리세요. 괜찮아요. 자!

해월　정말로요?

구현　네.

해월　아 아니에요.

구현　기회는 늘 오는 게 아니랍니다.

해월　(망설이다가) 그럼.

해월, 구현의 손을 천천히 잡는다.

호흡을 가다듬고 눈을 질끈 감고는 실눈을 뜬다.

해월　(고개를 아래위로, 숫자에 맞춰 흔들며) 하나 둘 어! 저기 (빠르게 고개를 옆으로 돌린다)

구현　네? (고개를 옆으로 돌린다)

해월, 구현의 손목을 힘껏 때리고 구현의 표정을 살핀다.

구현　(팔을 천천히 들며) 아 하하하 하나도 하하하 아픕니다.

해월　죄송해요.

구현　아뇨, 덕분에 즐거웠습니다. (크게 웃는다)

해월　(어색하지만 조금은 편안한 미소를 지으며 작은 소리로 웃는다)

구현　해월 님 덕분에 오랜만에 동심으로 돌아가 보았네요.
　　　(작은 목소리로) 사실 세게 때릴 줄은 몰랐습니다.

해월　어머 죄송….

구현　하하 농담입니다. 이래도 제가 유도 합기도 태권도 합
　　　이… 하하하.

사이.

구현   긴장이 좀 풀리셨습니까?

해월   네 소장님 덕분에 소리 내어 웃어보았어요. 감사합니
       다, 역시 소장님은 유튜브에서 뵈었던 것처럼 유쾌하
       시네요.

구현   아이고 감사합니다.

해월   소장님을 너무 만나 뵙고 싶었어요. 소장님의 최면 영
       상을 보면서 감동도 많이 받았구요.

구현   (엄지 척하면서) 유튜브 찐 구독자. (목례를 하며) 감사합
       니다.

해월   (귀엽게 미소 짓고) 특히 저랑 유사한 경험을 가진 내담자
       들의 영상을 볼 때면, 많이 울기도 했고요.

구현   네. 해월 님의 이메일을 잘 받아보았습니다. 해월 님의
       상처에 저도 마음이 아팠습니다. 참 제가 차 한 잔도
       안 드렸네요. (준비된 차를 해월에게 주며) 이건 심신안정
       에 좋은 라벤더가 들어간 아로마테라피 차입니다. 향
       부터 먼저 느끼시고 천천히 드세요. 뜨거우니 조심하
       시고요.

해월   네 감사합니다. (천천히 향을 맡고 마신다)

구현   오늘은 기분이 어떠셨어요?

해월   소장님을 뵙는다는 생각에 들떠 있었어요. 만나서 무

슨 말을 해야 하나? 최면은 과연 잘 될까?

구현 (격려의 눈빛으로) 걱정 마세요. 다 잘될 겁니다. 저를 신
뢰하니까 오신 것이 아니겠습니까.

해월 그렇죠.

구현 (명상음악을 틀어놓는다) 차향이 어떻습니까?

해월 좋아요. 기분이 좋아져요.

구현 그럼 된 겁니다.

해월 네?

구현 자 그럼 이쪽으로 앉아보시겠어요. (최면 의자로 안내한다)

해월 네. (찻잔을 놓고 일어나 최면 의자에 천천히 앉는다)

구현 불편하세요?

해월 아뇨 괜찮아요.

구현 최면이 잘 될지 어떨지 걱정되시죠? 오늘은 첫날이니
까 그냥 마음을 편안하게 가지시고, 저하고 옛날이야
기 나눈다고 생각하세요.

해월 네.

구현 (암막 커튼으로 빛을 차단하고 부드러운 조명을 켠다) 편안
하게 눈을 감으시고 숨을 깊게 들이마시고 후~ 내쉬
시고.

해월 후 후.

구현 해월 님이 가장 행복했던 순간을 한번 떠올려 보시겠
어요? 아침에 커피를 마시던 순간도 좋고, 산책, 영화,

또 친구와 수다를 즐기는 시간도 좋겠죠.

해월, 호흡이 안정되고 편안한 표정에 미소도 짓는다.

구현	이제 당신은 당신이 행복했던 순간이 떠오릅니다. 하나 둘 셋! 자~ 당신은 뭘 하고 있나요?
해월	울고 있어요.
구현	당신은 몇 살인가요?
해월	4살이요.
구현	거긴 어딘가요?
해월	집이요.
구현	다른 사람은 없나요?
해월	오빠랑 엄마가 뛰어 와요. 모두 놀라서 나한테 왔어요. 난 눈이 아프다고 말해요.
구현	눈이 어떻게 된 거죠? 다쳤나요?
해월	오빠들이 나무막대기로 칼싸움 놀이를 했어요. 그러다가 제 눈이 그 나무막대기에 맞았어요.
구현	아하 그랬군요.
해월	아파서 울고 있는 저를 혼자 두고 엄마한테 말하러 갔나 봐요.
구현	아니 동생이 다쳤는데 혼자 내버려 두었다구요?
해월	오빠들은 제가 귀신으로 변하지 않았다며 말하고 있

어요.

구현 귀신이요?

해월 눈을 다치면 귀신이 된다고 믿었나 봐요. 엄마는 동생을 다치게 했다고 오빠들을 야단치고 있어요.

구현 (웃으며) 그랬군요. 오빠들이 개구쟁이네요.

해월 그런 것 같아요. (웃는다)

구현 당신의 어린 시절은 행복했군요.

암전.

4장

밝은 무대.

문화센터 라인댄스 교실.

라인댄스 강사 소영이 들어와 음악을 점검한다.

정희 (들어오며) 선생님 안녕하세요?

소영 어머 일찍 오셨네요. 한 주 동안 잘 지냈어요?

정희 네 선생님도 잘 계셨죠?

소영 네. 저는 토 일 이틀 동안 자격증 과정 수업이 있었어요.

정희 그랬군요. 피곤하셨겠어요.

소영	네 좀. 그래도 좋아서 하는 거라. 다행히 월요일은 오전수업이 없어서 푹 잤어요.
정희	다행이다. 참 선생님, 저번 시간에 가르쳐주신 청춘열차 있잖아요. 첫 번째 동작에서 좀 혼동되는 점이 있어요.
소영	어떤 거죠?
정희	하나 둘 셋 넷하고 옆으로 갈 때 어떤 스텝으로 가나요?
소영	아! 헐리걸리 동작으로 가면 됩니다. (동작을 하며) 사이드 투게더 사이드 터치. 그러니까 다섯 여섯 일곱 여덟.
정희	아! (동작을 하며) 전 바인스텝으로 갔거든요. 헐리걸리 동작을 해야 되는군요.

해월, 라인댄스 교실로 들어온다.

해월	안녕하세요 선생님.
소영	네 어서 오세요. 오늘도 역시 고우신 해월 님.
정희	응 어서와, 해월아.
해월	안녕. (정희와 두 손바닥 마주치며)
정희	얘는 여기만 오면 물 만난 고기야.
소영	해월 님은 춤 선도 예쁘시고, 댄스를 즐기시는 것 같아요. 자격증 과정에 한번 도전해 보세요.
정희	그래. 해봐.

해월　배운 지 얼마나 됐다구….

정희　그러니까 목표를 두고 지금부터 열심히 하면 되지. 나도 선생님 권유받고 자격증 땄잖아. (강사를 보며) 저한테도 곧 수업 주세요. 선생님.

소영　그럼요. 정희님께도 곧 기회가 주어질 겁니다. 요즘은 라인댄스 강좌도 많고 실버체조 강좌도 많아서 여러분이 맘만 먹고 열심히 하면 강의할 곳이 많아요.

해월　네~~

소영　자 모두 오셨으니 수업 시작할까요?

(효과음) 바람의 소리 노래.

소영　주먹 쥐고 엄지손가락 세워서 턱을 뒤로 밀어줍니다. 하나 둘 셋 넷. 손깍지 끼고 뒷머리를 지그시 눌러줍니다. 하나 둘 셋 넷. 오른손으로 옆머리를 잡고 사선으로 눌러줍니다. 하나 둘 셋 넷. 왼손으로 옆머리를 잡고 사선으로 눌러줍니다. 하나 둘 셋 넷. 왼팔을 옆으로 펴고 오른팔로 열십자 모양을 만들어 왼팔을 지그시 누르고 시선은 왼쪽으로 둡니다. 하나 둘 셋 넷. 오른팔을 옆으로 펴고 왼팔로 열십자 모양을 만들어 오른팔을 지그시 누르고, 시선은 오른쪽으로 둡니다. 하나 둘 셋 넷. 여기까지입니다. (음악을 중단하고) 지난 시간에 배운 청춘열차부터 하겠습니다.

(효과음) 청춘열차 노래.
세 명 모두 함께 음악에 맞춰 라인댄스를 춘다.
해월, 표정이 상당히 밝다.

소영 자~ 오늘 수업은 여기까지입니다. (박수치며) 수고하셨
     습니다.

해월 (박수치며) 수고하셨습니다.

정희 (박수치며) 수고하셨습니다.

소영 복지관 실버체조 수업이 있어서 먼저 가보겠습니다.
     다음 주에 뵙겠습니다.

해월 네 선생님. 다음 주에 뵐게요.

정희 다음 주에 뵈어요, 선생님.

소영, 무대 밖으로 나간다.

정희 참 (핸드폰을 보며) 지난번 봉사활동 갔을 때 라인댄스
     영상.

해월 영상 받았어? (영상을 보며 활짝 웃는다)

정희 이것 봐. 모두가 왼쪽으로 가는데, 혜진 씨만 오른쪽으
     로 가려고 하다가 다시 왼쪽으로 갔어.

해월　긴장을 많이 했나 봐. 나도 엄청 떨었는데.

정희　이날 우리 팀 의상 참 예뻤어.

해월　그래. 앞줄에 얼굴 작고 안경 끼신 할머니 있었잖아. 왜 잘 웃고….

정희　응, 그래 그 할머니.

해월　내 허리를 살살 쓰다듬더니 나중에는 엉덩이도 만졌잖아.

정희　그래. 그래서 그곳 직원도 눈이 동그래졌잖아, 놀래서. 우리가 불쾌하게 생각할까 봐.

해월　맞아, 그래도 나 싫지 않았어. 왠지 사랑받는 느낌이 있었거든. 돌아가신 엄마도 생각나고.

정희　넌 춤을 출 때 참 행복해 보여.

해월　(정희의 얼굴을 바라본다)

정희　평소와는 다른 모습. 어떤 것이 너의 진짜 모습일까? 라는 의심이 들 정도로. 넌 달라.

해월　그래. 하긴 나도 이 영상을 보니까 내 모습 같지가 않아. 신기해, 나에게 이런 환한 표정이 있다니.

(효과음) 핸드폰 벨 소리.

정희, 핸드폰을 받는다.

정희　응 엄마. 우리 집에 왔다고? 아니 연락을 하고 와야지.

알았어. 놀이터에서 좀 기다려. 아니야 더우니까 아파트 로비 그 소파에 앉아서 기다려. 얼른 갈게. 응. (다급하게 가방을 챙기며) 아 정말 미치겠다, 엄마 때문에. 노인네가 이 더운데. 아마 바리바리 음식 싸 들고 왔을 거야. 해월아 나 먼저 간다. 너하고 커피 마시면서 수다도 좀 떨고 놀고 가려고 했는데. (웃으며) 경란이 그 기집애 흉도 보고 말이야.

해월   빨리 가 봐. 엄마 기다리게 하지 말고.

정희   그래, 다음 주에 봐.

해월, 정희와 손 인사를 나누고 가방을 챙긴다.

해월   나도 가야지.

해월, 앉은 채로 가방을 다시 내려놓는다.
핸드폰을 잡고 Mother of Mine 음악을 켠다.
(효과음) Mother of Mine 노랫소리.
일어나서 라인댄스를 하는 해월은 편안하고 행복한 표정이다.

암전.

5장

밝은 무대.

TV 방송국 스튜디오.

구현 소장, 최면심리기법에 관한 강의를 한다.

구현   최면의 내용이 진실이든 아니든 최면심리치료 후에, 내담자가 스스로 위안을 얻고 또 삶의 방향을 찾아갈 수 있다면, 저는 최면심리상담가로서 만족합니다. 네 그럼 시간 관계상 한 분만 더 질문을 받도록 하겠습니다.

방청객   (소리) 최면을 통해서 범죄자도 잡을 수 있다고 하던데 그런 경험이 있으셨나요?

구현   아 네. 최면상태에서는 무의식이 활성화되기 때문에, 의식상태에서 기억해 내지 못하는 부분을 무의식 상태에서는 알 수가 있는 거죠. 그런 의미에서 범죄를 밝혀내는 수사에 이용되기도 합니다. 지금까지 최면을 통한 심리상담기법에 관한 강의를 경청해주신 시청자 여러분께 깊이 감사드립니다. 자 그럼 다음 시간을 또 기대해 주십시오. 감사합니다.

암전.

6장

조명이 전혀 없는 깜깜한 무대.

침울한 배경음악이 나오고 유년 시절 해월과 엄마의 목소리
가 나온다. 매질하는 소리가 나고 해월은 용서를 빌며 운다.

해월(소리) 엄마 (울며) 잘못했어.

엄마(소리) (화난 목소리로) 어이그 이년아, 차라리 나가서 죽어라.
언놈 고생시킬려고.

어두운 조명.

해월, 구현심리상담소의 최면 의자에 최면상태로 있다.

구현, 해월의 옆에 앉아 있다.

구현   당신은 지금 몇 살인가요?

해월   16살이요.

구현   당신은 뭘 하고 있나요?

해월   버스를 타고 있어요. 하교 후 집으로 가나 봐요.

해월, 최면의자에서 일어나 상황재연을 한다.

해월과 다른 해월 1인 2역을 한다.

해월, 먼저 내리는 친구들에게 손을 흔들어 인사를 한다.

버스 손잡이를 잡고 주변을 조심스럽게 살핀다.

해월   저 아저씨는 왜 나를 계속 쳐다보는 거야. 또 저 아주머니는 왜 나를 힐끔힐끔 쳐다보는 거구.

다른 해월, 반대편으로 자리를 옮긴다.

다른 해월   해월아! 사람들은 너한테 아무 신경도 안 써. 그저 눈앞에 있으니 보는 거구. 그들이 쳐다보는 건 아무런 의미가 없어.

구현   (최면의자를 보며) 그렇군요. 남의 시선을 많이 의식하는군요. 그러면 몸이 경직될 텐데요.

해월, 손잡이를 잡고 앞에 있는 빈자리와 주변을 살피기를 반복한다.
다른 해월, 반대편으로 간다.

다른 해월   앉아.

해월   젊은 사람이 앉았다고 비난할까봐.

다른 해월   해월아, 괜찮아. 너도 힘들잖아, 가방도 무겁고. 노인이 타면 그때 일어서면 되지. 뭘 그렇게 미리 여러 상황을 생각해. 참 답답하다 너도.

조명 색이 바뀐다.

해월, 중앙에 쪼그리고 앉아있다.

구현　　(최면의자를 보며) 그곳은 어디인가요?

해월　　집 앞이요.

구현　　몇 살이죠?

해월　　6살이요.

해월은 일어나서 엄마가 된다.

동시에 어린 해월이 된다.

엄마　　해월아, 엄마 얼른 가서 우리 해월이 좋아하는 눈깔사
　　　　탕이랑 두부 사 올게.

어린 해월　엄마~ 같이 가.

엄마　　금방 올게, 금방.

어린 해월　빨리 와.

어린 해월, 엄마를 기다린다.

지루해하며 노래도 흥얼거린다.

어린 해월　엄마가 왜 안 오지? 저기… (달려가다 멈추고) 엄마 아니
　　　　네. (제자리로 돌아온다) 엄마 엄마. (크게 부르다가 운다)

해월, 두려움에 몸을 떨고 두리번거리다가 주저앉는다.

어린 해월 (울며 팔을 뿌리치며) 싫어 오빠. 난 엄마 기다릴 거라구.
집에 안 가.

해월, 구현을 바라본다.

해월 엄마는 나한테 거짓말을 했어요. 맛있는 것 사서 금방
오겠다고 했는데, 멀리 떠나 버린 거예요.

소장 (해월을 보며) 그랬군요. 어머니가 솔직하게 아이한테 말
하지 못했군요.

두 개의 색이 다른 조명. (가상의 아이와 해월을 따로 비춤)
해월, 무대 중앙으로 나온다.
아래로 고개를 떨구어 가상의 아이를 바라본다.
구현, 최면 의자를 보며 대사를 이어간다.

해월 이제 아이는 자신이 혼자라고 생각해요. 자신이 버림
받았다고 생각해요.

소장 그랬군요. 이제 당신이 그 아이가 되어서 그 시절 엄마
한테 하고 싶었던 말을 해볼까요.

어린 해월, 쪼그리고 앉아 가상의 엄마를 올려다본다.

어린 해월 엄마, 왜 날 두고 떠났어. 난 엄마랑 살고 싶었는데. 아빠는?

아빠, 해월에게 큰소리로 야단친다.

아빠 (소장이 아빠 역할을 하며) 나이가 몇 살인데 아직도 오줌싸. 나가.

어린 해월 (아빠 손에 이끌려 움직이며) 아빠.

(효과음) 겨울바람 소리.
어린 해월, 손을 모아 입에 대고 추워서 벌벌 떤다.
아빠(소장)는 의자에 앉는다.
어린 해월, 구석으로 옮겨 서 있다.
동네사람(주민)이 나온다.

주민1 (지나가며) 에그~ 해월이는 지금 계절이 어느 땐데 저 옷을 입었대. 쯧쯧….

주민2 (지나가며) 해월이랑 놀지 마.

구현 (최면의자를 보며) 그랬군요. 아이에게는 엄마가 세상의 전부인데, 아이고….

밝은 조명.
(효과음) 동요가 들린다.
어린 해월, 가상의 친구와 고무줄놀이를 한다.
(효과음) 빗소리

어린 해월 (가상의 친구 현주를 보며) 현주야, 비 와. 어쩌지? 어? 현주
야 네 엄마 왔다. 응 잘 가. (가상의 현주에게 손을 흔든다)

어린 해월, 땅 위의 지렁이를 보며 무서워한다.
발을 동동 구르며 이리저리 뛴다.

어린 해월 지렁이다. (크게 울며) 엄마 엄마.
구현 아이고 어린 아이가 얼마나 무서웠을까요. (일어나 인형
을 해월에게 안겨주며) 아이를 좀 달래주세요. 꼭 안아주
세요.
어린 해월 (인형을 안는다)
구현 그래요 그래요.

사이.

구현 지금의 당신이 이 아이를 좀 위로해 주시겠어요.

어두운 조명.

해월 (인형을 맞은편에 놓고 쳐다보며) 얼마나 무서웠을까. 어린 네가 세상으로부터 받은 상처. (인형을 만지려 하다 멈추고) 불쌍한 아기.

구현 (해월을 보며) 세상이 두려웠겠군요. 그럼 이제 그 당시 엄마가 되어 어린 딸에게 이야기해 보시겠어요? 하나 둘 셋.

구현, 일어나 중앙에 선다.
해월, 소장이 앉았던 의자에 앉는다.
인형을 최면 의자에 놓고 바라본다.

엄마 해월아, 엄마가 미안해. 내가 널 두고 떠났지만, 엄마는 우리 해월이랑 오빠들을 한시도 잊은 적이 없어. 엄마~ 하고 부르는 소리에 방문을 열면, 밤하늘엔 별만 반짝이더구나. 혹여 너희들에게 무슨 일이 있는 건 아닌지? 너희들의 생사를 확인하기 위해 모두 자필로 쓴 편지를 나한테 보내라고 했지. 해월이 넌 글씨를 쓰지 못하니까 엄마 모습을 그림으로 그려서 보

내왔더구나. 그 편지를 품에 안고 또 얼마나 울었는
지. 돈을 벌어야 했어. 빚쟁이들한테 쫓겨서 나도 도
망친 거야. 미안하다.

구현   (관객을 보며) 엄마도 사정이 있었군요. 빚쟁이들을 피해
서 도망을 가신 거군요.

엄마   나는 내가 상처받은 것만 가슴 아파했는데, 어린 네가
그렇게 세상을 무섭고 두려워했는지는 몰랐어. 정말
미안하다.

구현   어머니의 마음도 많이 아팠겠군요. (해월을 보며) 이번
에는 어른이 된 당신이 엄마에게 하고픈 말을 해보실
까요?

조명 색이 변한다.
해월, 의자에서 일어나서 바닥에 앉아 의자를 잡는다.

해월   엄마도 아팠네. 나도 내가 아픈 것만 생각했어. 어린
자식들을 두고 떠난 엄마의 심정이 어땠을까. 나도 결
혼해서 자식 키우며 살다 보니 엄마를 조금은 이해할
수 있을 것 같아. 살다 보면 형편이 어려울 때도 있지.
누군가는 돈을 벌어야 온 식구가 먹고 살지. 엄마 괜찮
아. 그럴 수 있어. 잘했어 엄마. 엄마는 훌륭해. 그래도
엄마의 희생으로 공부도 하고 이만큼 잘 컸잖아. 고마

위 엄마. 사랑해. 예쁘게 낳아주고, 재능도 주고. 그런데 그동안 원망만 해서 정말 미안해.

구현 엄마를 꼭 안아주시겠어요. 그래요.

해월 엄마 사랑해, 많이 많이. 하늘나라에서 날 보고 있지? 엄마, 나 엄마한테 고백할 게 있어. 엄마가 집으로 돌아온 이후 잠시는 행복했는데, 엄마의 외향적이고 강한 성격 때문에, 난 다시 불행에 빠졌어. 차라리 엄마가 없던 시절이 더 좋았다고 생각도 하면서 말이야. 그때도 엄마는 온 식구 먹여 살리느라 정신이 없었는데, 그런 엄마를 이해하지도 못하고, 그저 나한테 다정하지 않은 엄마라고 불평만 했어. 한동안 엄마라고 부르지 않았던 적도 있었지. 미안해. 내가 지금처럼 엄마를 이해했다면 얼마나 좋았을까.

구현 음~ 당신의 아픔에 가려 어머니의 아픔을 보지 못했던 것이, 오히려 당신을 더 힘들게 살게 했군요.

해월 네, 그런 것 같아요. 어리석었네요.

해월, 최면의자에 앉아 눈을 감는다.
구현 소장, 의자에 앉는다.

구현 아이니까요. 아이니까 충분히 그럴 수 있어요. 어쩌면 그 당시 엄마가 아이에게 자신의 심정과 상황을 설명

해 주었더라면, 아이는 자신이 엄마를 그리워하는 만큼 엄마도 자신을 그리워했다는 사실을 알 수 있었을 텐데요. 아무리 어려도 마음은 전달될 수 있었을 텐데 말이죠. 엄마도 아이도 그 당시 서로의 마음을 표현하지 못했던 점이 두 사람 모두에게 상처로 남은 것 같네요. 자 이제 미래의 당신에게로 가봅니다. 하나 둘 셋. 당신은 무얼 하고 있나요?

해월 강의를 하고 있어요.

구현 아! 당신은 무슨 강의를 하나요?

해월 삶을 행복하게 살아가는 방법에 대한 강의를 하고 있어요.

구현 오, 멋진 모습이군요.

해월 사람들이 많아요. 한 500명. 사람들의 표정이 밝아요.

구현 그렇군요. 당신은 명강사인가 보군요.

해월 사람들에게 희망을 주는 강의를 하고 있어요. 사람들이 많이 웃어요. 유명인이 되었나 봐요.

구현 아, 당신은 모두에게 희망과 행복을 주는 멋진 사람이 되었군요. 지금 당신은 몇 살인가요?

해월 80이요. 사람들이 존경해요. 강의가 끝나고 주변에 사람들이 모여서 대표님 강의는 늘 에너지 넘치고 사랑이 넘친다고 칭찬해요.

구현   그래요. 이제 당신은 당신의 꿈을 이루었나요?

해월, 최면 의자에서 몸을 일으키고 눈을 뜬다.

해월   네.

구현   어떤 기분인가요?

해월   뿌듯해요.

구현   당신에게 어떤 말을 해주고 싶나요?

해월   잘했어. 잘 살아왔어. 수고했어. 다 이뤘어. 그러나 언
제나 넌 완전했어. 태어나서 쭉 그 어느 순간도 불완전
했던 적은 없었어. 그 모든 것은 그때마다 필요했었던
거야. 슬픔도 아픔도 고통도 즐거움도, 모두 네가 기꺼
이 받아들인다면 그 어느 순간도 행복하지 않은 순간
은 없어. 너 알지? 이제는 그걸 깨달았지? 그러니까 넌
너로서 완벽하게 잘 살아온 거야. 누구도 아닌 너, 너
만의 삶은 이대로 완전해. 사랑해.

해월, 눈을 감는다.

구현   네 수고하셨어요. 지금껏 당신의 삶은 진실로 당신의
삶이었던 거예요. 다른 사람과 비교하면 당신의 삶이
저울질 될 수 있지만, 당신의 삶은 당신만이 살 수 있

는 거니까, 수고하셨구요. 이제 하나 둘 셋 하면 당신은 최면상태에서 깨어나십니다. 하나 둘 셋.

암전.

7장

밝은 무대조명.
해월 집 거실.
(효과음) 캐롤송이 울린다.
(효과음) 전화벨이 울린다.
무대 뒤에서 전화 목소리가 들린다.

정희(소리) 경란아, 지금 어디야?

경란(소리) 응, 거의 다 왔어. 설마 너 백화점?

정희(소리) 아니야, 얘두. 주문한 케이크 기다리고 있어.

경란(소리) 그래? 우리 정희아가씨 인간되었네.

정희(소리) 야! 나 원래 인간이거든.

경란(소리) 너 요즘 댄스강사로 수업 다닌다며?

정희(소리) 응. 해월이도 내 덕분에 라인댄스 자격증도 땄구 수업이 곧 잡힐 것 같아.

경란(소리) 잘 됐다.

정희(소리) 응, 케이크 나왔어.

경란(소리) 알았어, 이따 봐.

해월, 차를 들고 거실로 나와 소파에 편안히 앉는다.

핸드폰으로 음악을 찾는다.

(효과음) 밝고 경쾌한 피아노 음악.

해월 아 좋다. 차향도 좋고 음악도 좋고 친구들 온다니까 더 좋고. (위를 보며) 엄마 날 낳아주셔서 고마워.

(효과음) 초인종 소리.

해월 누구세요?

정희 우리.

해월, 웃으며 친구들을 맞이한다.

정희 생일 축하해, 해월아.

경란 생일 축하해, 해월아.

정희와 경란, 케이크와 꽃을 해월에게 전한다.

해월 고마워. 내 친구들, (친구를 안으며) 사랑해.

경란 어머 얘, 해월이 너 좀 변했다.

정희 그치? 많이 밝아졌지.

해월 앉아. 얼른 차 한 잔 가져올게.

경란 아냐. 식사부터 하고 차는 나중에 마시자. 난 배고파.

정희 얘는 배 속에 거지 들어있나?

경란 뭐?

해월 그만 그만. 그래 뭐 먹을까?

경란 난 매운 것이라면 뭐든지 좋아.

정희 아 그럼 해월아, 이 근처 찜 집 유명한 곳 있잖아.

해월 아, 요 앞 사거리에 있는 그 집?

정희 응, 거기서 시키자.

해월 그래. 경란아, 괜찮겠어?

경란 좋아.

해월 매운 찜이랑 맑은 찜이 있는데.

경란 매운 찜.

정희 당근이지.

정희와 경란, 행동 멈춘다.

해월 (관객을 보며 방백) 어떡하지? 말을 할까?

정희과 경란, 멈춤 행동 푼다.

해월 (고민스럽게) 난 맑은 찜.

경란 응?

정희 응?

해월 (자신 없는 목소리) 나는 맑은 찜.

경란 반반도 돼?

해월 아니 안 돼.

경란 그럼 한가지로 시켜야지. 갑자기 맑은 찜이라니?

정희 그래 우린 늘 매운 맛 먹었잖아. 매운 찜으로 시킨다.
내가 총무니까 주문은 내가.

정희와 경란, 행동 멈춘다.

해월 (관객을 보며 방백) 매운 것 먹으면 설사도 하고, 며칠 동
안 힘든데. 안 되겠어.

정희과 경란, 멈춤 행동 푼다.

해월 난 매운 음식 싫어.

정희 (웃으며) 무슨 소리야? 너 잘 먹었잖아.

해월 아니야. (작은 목소리) 매운 걸 먹고 나면 늘 배탈이 났었

다구.

정희 (화를 내며) 그래? 아니 왜 진작 말하지 않았어?

해월 그냥….

경란 너는 먹기 싫었는데 우리가 먹자고 해서 먹었다는
거야?

해월 그게….

정희 별것도 아닌데 왜 말을 안 했어? 지금껏 우리 때문에
네가 싫어하는 음식을 먹었고, 그래서 배탈이 나고 몸
도 아팠다는 거야? 그럼 그동안 속으로 우리를 얼마나
미워했을 거야. (사이) 먹는 것 말고 또 뭐 있니? 야 정
말 겉 다르고 속 다르다, 전해월. (화를 내며 일어선다)

경란 (일어나 정희를 붙잡으며) 정희야, 화내지 말고 어서 앉아.
별일도 아닌데 뭐.

정희 그러니까. 별일도 아닌데 왜? 아, 나 완전 바보 됐어.
그래 그동안 내가 다이어트를 아무리 해도 뱃살이 왜
안빠지나 했어. 해월이 너한테 욕을 계속 먹고 있었구
나. 말을 하면 되잖아 싫으면 싫다고. 너 바보야? 나이
가 얼만데.

해월 (떨리는 목소리로) 아무리 그래도 바보라니? (화를 내며 점
점 목소리가 커진다) 그래 내가 나이가 얼만데 나한테 바
보라고 그래? 그동안 툭하면 나한테 바보 바보. 그래
도 나는 네가 민망할까봐 네가 속상해 할까봐 화도 내

지 않았는데, 그런 내 맘을 조금도 몰라주고, 그냥 가
만히 있으니까 내가 물로 보여?

정희 (놀라서 가방을 챙겨 나간다)

경란 정희야! 날씨도 추운데. (정희를 향해 손짓하며) (해월을 보
며) 해월아, 네가 그동안 많이 힘들있구나. 사실 나도
정희가 늘 좋지만은 않았어. (한숨을 쉬며) 내가 그토록
짝사랑하던 성우 오빠. 그걸 정희도 몰랐을 리 없었을
텐데. 그 오빠를 나 모르게 만나고. 결혼 날짜 잡아놓
은 다음에 나한테 말했잖아. 알지?

해월 (고개를 끄덕인다)

경란 그래도 정희랑은 친구니까, 그 우정을 깨고 싶지 않아
서 지금까지 한마디도 안 했어. 이미 엎질러진 물이잖
아 나한테는. 그래도 정희 기집애 나랑 의리 지키느라
나한테 쩔쩔매는 것 보면 한편 안쓰럽기도 해. 그래도
해월이 네 경우엔 다르지. 그런 정도는 말을 해야 한다
고 봐 나는. 참! 정희 기집애 정말 가버렸나? 잠깐만.
(밖으로 나간다)

해월, 얼굴 표정이 어둡다.

해월 어떡해? 내가 화내서 친구들이 날 싫어하면 어쩌지?
내가 뭘 잘못한 걸까? 이제는 내 감정을 표현하면서

살아가려고 했는데, 그냥 참고 아무 말도 안 했어야 하나? 뭐가 잘못된 거지? (불안한 듯 손톱을 물어뜯는다)

해월, 일어났다가 다시 앉는다.

해월　그냥 해 본 말이라고 할까? 아니야, 이제 할 말은 해야지.

해월, 고민하며 왔다 갔다 하며 서성인다.

해월　그래 맞아. 그동안 내가 솔직하지 못했어. 솔직하게 표현하는 것도 연습이 필요한 거야. 난 아직 좀 서툴러. 그래도 계속해 보는 거야. 해월아 힘내자.

해월, 자리에서 일어선다.
경란, 정희를 데리고 들어온다.

경란　아~ 춥다.
해월　(정희의 손을 잡고) 미안해. 사과할게. 내가 그동안 솔직하지 못했어. 그렇다고 너희들을 미워했던 건 아니야.
경란　그래 진작에 솔직하게 말을 했으면 좋았잖아.
해월　정희야.

정희	(몸을 돌린다)
해월	정희야.
정희	정말 우리가 밉지 않았어?
해월	그럼 내가 너희를 얼마나 사랑하는데. (정희의 손을 꼭 잡고) 손 차가운 것 좀 봐. 추웠지?
정희	치!
경란	해월아.
정희	나도 미안해. 네가 늘 화도 안 내고, 우리들 의견에 (엄지 검지손가락으로 동그라미를 만들어 보이며) 언제나 오케이 하니까, 너를 너무 편하게 생각한 점도 있었음을 (옆으로 보며 고개를 까딱하며) 사과합니다.
해월	(소리 내어 웃고 팔짱을 끼고) 이제부터 나 엄청 솔직해질 텐데, 너희 감당할 수 있겠어?
정희	에그 에그 기집애야. 너 춤출 때 행복해하던 그 표정이, 지금 나오네. 그래 늘 이렇게 살아.
경란	그래 인생 뭐 있어. 그냥 웃으며 사는 거지. 마음속에 꼭꼭 담아두지 말고 다 쏟아내. 쌓아 두면 병 된다.
해월	고마워. 너희들이 있어서 참 좋다.
정희	미안해 해월아. 정식으로 사과할게. 그동안 너의 말에 제대로 귀를 기울이지 않았던 것 같아.
경란	그 점에선 나도 미안. 그런데 정희야. 이참에 나한테도 할 말 없어?

정희	뭐?
경란	우리 우정이 얼마나 되었지?
정희	갑자기 왜? 30년 다 되어가지.
경란	그렇지. 그동안 나한테 하고픈 말이 있었을 텐데.
해월	자 앉아서 이야기 해.

해월, 두 사람을 소파에 앉게 한다.

| 해월 | 자 이제 서로 할 말 해봐. |
| 정희 | 무슨? |

해월, 고개를 돌린 두 사람을 향해 큰소리를 낸다.

| 해월 | 고개 들어! |

경란, 정희, 놀라서 고개를 든다

| 해월 | 서로 마주 봐. |

경란, 정희, 서로 마주 보다가 다시 고개를 돌리려 한다.

| 해월 | 어허. 자 서로 눈을 바라보세요. |

경란, 정희, 서로의 눈을 천천히 응시한다.

해월   자 손을 잡으세요.

경란, 정희, 각지 자신의 손을 맞잡는다.

해월   아니요. 서로의 손을 마주 잡으시라고요.

경란, 정희, 손끝만으로 서로의 손을 닿는다.

해월   어허 손을 제대로 잡으세요.

경란, 정희, 서로의 손을 다시 잡는다.
잔잔한 음악이 흐른다.
해월, 일어나 최면 시 앉았던 의자에 앉는다.

해월   지금 떠오르는 생각을 그대로 말하세요.
정희   (눈물을 흘리며) 미안해 경란아. 네가 짝사랑했던 성우오
빠랑 내가 결혼을 해서. 사실 그날 내가 성우오빠를 만
나러 갔던 이유는 너 때문이었어. 그토록 짝사랑하면
서도 고백도 제대로 못하는 경란이 네가 너무 안타까
워서 내가 너 대신 마음을 전하려고 했어.

그런데 성우오빠 손목에서 빛나던 시계가 내 마음을 바꿔버렸어. 성우오빠랑 결혼하면 이 지긋지긋한 가난에서 벗어날 수 있을 거라고, (사이) 그래서 술에 취한 척,(사이) 그렇게 성우오빠한테 내 인생을 걸었지. 미안해. 성우오빠를 정말 사랑해서 선택했던 결혼이라면, 오히려 너한테 덜 미안했을 거야. 정말 미안해.

경란 정희야. 내가 성우오빠를 짝사랑했던 것은 사실이고 고백하지 못했던 것도 사실이야. 그리고 내가 성우오빠를 좋아한다는 사실을 너도 알고 있었으면서, 두 사람의 결혼날짜가 정해지고 나서야, 나한테 말한 것에 대해 화가 난 것도 사실이야.

정희 나한테 화를 내지 그랬어? 그랬다면 내가 맘이 좀 편했을 텐데.

경란 이미 배는 떠났잖아.

정희 미안해.

경란 나랑은 인연이 아니었던 거지. 그래도 나 역시 너한테 화를 내면서 내 감정을 표현했더라면, 우리 관계가 지금보다는 더 편해졌을까? 네가 때로 나한테 이유없이 쩔쩔매는 모습을 보면 나도 맘이 편치는 않았어.

정희 미안해.

경란 나도 미안해. 네가 나한테 미안한 마음으로 지낸다는 것을 알면서도 모른 척했어. 그리고 이제 와서 하는 이

야기인데. 사실 그때 성우오빠가 정희 네 이야기를 많
이 했었어.

정희 응?

경란 네가 뭘 좋아하는지. 네가 어떤 성격인지.

정희 왜?

경란 글쎄….

정희 나 좋아했었어? 성우오빠가?

긴박한 음악으로 바뀐다.

해월 (일어나 친구들 옆으로 오며) 자 오늘이 누구 생일?

정희 어? 케이크. 해월이 생일 축하해 줘야지.

경란 맞다. 내 정신 좀 봐.

경란, 초에 불을 켜고 생일 축하 노래를 함께 부른다.
청춘열차 노래가 흘러나오고 정희와 해월은 라인댄스를
한다.
경란은 친구들의 댄스를 따라 한다.
경란의 어색하고 경직된 댄스에 정희와 해월은 크게 웃는다.
해월, 무대 중앙으로 나온다.

해월 엄마, 나 이제부터는 내 마음을 그대로 표현하며 살 거

야. 사람들과 부딪히더라도 조금씩 연습할 거야. 엄마
가 도와줄 거지? 이젠 과거를 돌아보며 후회하고 아파
하기보다는, 지금 내 옆에 있는 사람들과 이 순간 내가
하고 있는 일에 집중하며 살 거야. 난 나만의 시간표가
있으니까.

해월   (핀 조명이 비치는 최면 의자를 바라보며) 사랑해.

(효과음) Mother of Mine 노랫소리.

막.

눈 뜨고 꾸는 꿈

이명준

멘토 김성희

등장인물

하이   55세, 만학도 우유부단하나 꿈을 꾸고난 후 적극적
          삶을 살아간다.

내일   56세, 친구 의리가 있고 인간적이다.

천근   58세, 동네선배, 말하기를 좋아하고 자이도취 몽상
          가이다.

김작가 56세, 대명동에 살고 있다. 희곡작가수업의 멘토.
          시상식진행자, 가상인물 목소리 출연.

시간

1981년봄~2023년 현재

장소

동네독서실, 4000냥포차, 대명공연예술센터 사무실

무대

무대 중앙에 의자가 놓여있고, 하이가 눈을 감고 앉아있다.

프롤로그

캄캄한 어둠속 흰옷을 입은 사람들이 분주하게 한편은 좌에서 우로, 한편은 우에서 좌로 이동한다.
모두 퇴장 후 무대중앙 조명 받으며, 하이가 눈을 감고 의자에 앉아있는 모습.

하이   (눈을 감고 허공에 손을 내저으며) 잠이 덜 깼나? (고개를 양옆 위아래로 돌리며) 여기는 어데고, 왜 이리 어둡지? (눈을 비비며 살며시 눈을 뜬다) 아이고 눈을 감고 있었구나. 그라니까 어둡제. (웃는다)

일어서며 좌측으로 달려가 밝게 미소 지으며 인사를 하며 손을 흔든다.
오른쪽으로 달려가 밝게 인사를 하며 손을 흔든다.
무대중앙으로 와 꾸벅 밝게 인사를 하며 눈을 감았다가 뜨고 다시 눈을 감으며 관객석을 향해 춤을 청하는 듯 무릎을 꿇으며 오른손을 내민다.
눈을 뜨며 파트너의 손을 잡은 듯 원을 그리며 무대 이곳저곳을 돌며 혼자 춤을 추기 시작한다.
20여 초의 시간이 흐른 후 서서히 암전된다.

1장

1980년대 독서실 일체형책상.

교복을 입고 있는 고등학생 하이, 내일, 천근이 책상을 뒤로 하고 앉아서 이야기하고 있다.

내일　나는 학교 중퇴할란다. 학교 다녀봤자 재미도 없고 성적도 안 좋고 대학도 못 간다. 공부 잘하는 애들 그래봐야 뭐 소고기 사먹기밖에 더하겠나? 나는 큰 뜻이 있다 세상을 구하는 도인이 될란다. 사람들은 모른다. 삶에는 분명한 이유가 있는기다. 이유, 너그들 유리깰라 들어봤나? 유리깰라?

하이　(고개를 갸웃거리며) 유리깰라? 유리는 왜 깨는데….

천근　(웃으며) 유리겔라 아이가? 유리겔라. 그 뭐 TV에 나와서 숟가락 구부리고 하는 거 보여준 사람 말이제. 그 사람은 와?

내일　그 사람이 도인입니더 형님, 내가 초능력 강연회에서 손바닥으로 콩나물 싹 틔우고, 아픈 사람 낫게 하는 초등학생도 봤는데요. 거기서 그라데예. 우주에는 생장염장[1]이 있다 캅니다. 봄, 여름, 가을, 겨울. 나는 그 얘기 듣고 공부 이런 거 다 헛거란 거 알았심더. 나는 세

---

1) 태어나고 자라고 거두어들이고 저장하는 상태.

상을 구하는 도인이 내 길이라고 정했습니더. 마 세상을 구원하겠심다.

하이 니 정말이가? 정말 도인이 니 꿈이가?

내일 나는 세상을 구하기 위해 이 세상에 왔지 싶다. 두고 봐라 10년 후에는 세상이 바뀔 기다. 그때 내한테 한 번만 살려달라 하지 말고 같이 학교 그만 두고 큰공부 해보자!

천근 야 니는 왜 엄한 아를 꼬드기노? 내일 지구의 종말이 오더라도 한 그루의 사과나무를 심어야제 안 그렇나, 하이야. 허허허.

내일 아 행님 또 공자왈 맹자왈 하네. 그래 하이, 니는 뭐가 될라고? 형님은 뭐가 될라 해요?

하이 나도 학교 다니는 거 재미없어서 수학여행 안 가고 독서실에서 놀지만… 그보다 앞으로 어떻게 살아야 할까? 나는 모르겠다… 자신이 없다. 공부는 해야 된다고 하는데 왜 하는지도 모르겠다. 어른들은 좋은 대학 가고 좋은 직장 가고 우리담임은 내 성적에 따라 미래의 마누라 얼굴이 바뀐다 카더라. 그런데 나는 그런 거 관심없다. 왜 살아야 되는지 그것만 알게 되면 좋겠다.

천근 하이 니도 도인될라 카나? 둘다 뭔 생각이 그렇노, 큰공부라? 도인이 되든 스님이 되든 느그들 나처럼 학교 시험칠 때 백지 내봤나? 선생한테 반항한다고 두들겨

맞고 그래봤나? 그 정도 용기는 있어야 학교를 안 가
든 스님이 되든 나처럼 종합예술인이 되든 그라제, 허
허허.

하이·내일 종합예술인예?

하이 그게 뭔데예?

천근 내는 시인이 될 끼다. 세계적인 시인 네루다 알제? (손
사래를 치며) 아이다 느그들이 네루다를 알 리가 있겠
나? 그런 시인이 있다. 우편배달부라는 시를 썼다. 느
그들 우체부는 벨을 몇 번 누르는지 아나?

내일 퀴즈입니까? 그걸 내가 우째 알겠습니까? 우체부 맘
대로 아입니까?

천근 우체부는 벨을 두 번 울린다.

하이 왜요?

내일 한번 하면 정 없어서.

천근 이런 무식한 아그들아. 책 좀 봐라 책. 내가 학교공부
는 안 해도 관심 있는 책은 본다. 우체부는 벨을 두 번
울린다 마 그런 책이 있다. 네루다의 우체부와 소녀의
사랑이야기 따뜻하고 순수한 시다. 그런 시인도 좋고
비틀즈의 예스터데이! (기타 치는 시늉을 하며) 오마이십
스파러웨이~ 야! 이런 밴드도 하고 싶고 영화도 관심
있고… 스필버그는 알제? 이티? 그 스필버그도 내 나
이 때 자기가 진짜 감독인 것처럼 007가방 들고 감독

인 것처럼 유니버설영화사 들락날락하다가 유명감독
됐다 카더라.

내일 됐고요! 형님은 오늘 학교 땡땡이 쳐도 괜찮습니까?
우리는 수학여행기간이라 안 가고 노는 거라 괜찮지
만요.

천근 자유로운 영혼 아이가. 하하하.

하이 부럽네요 형님. 나는 학교 빼먹으면 하늘 무너지는 줄
아는 사람인데… 나도 학교 안 가고 싶어요.

내일 그래 잘 생각했다. 자유로운 영혼이든 뭐든 내하고 같
이 중퇴해서 다가오는 장래 내일을 준비하자.

하이 학교를 가기도 싫지만 안 가면 뭘 하지?

천근 뭐하기는… 학교를 그만두든 안 두든, 주어진 모든 것
에 감사하며 살면 된다. 걱정하지 마라 나처럼 허허허.

하이 니는 생각이 천근만근이다.

내일 천근은 형님 이름이고 만근은 혹시 큰형님 아입니까?

천근·내일 (같이 웃는다) 하하하.

천근 내 이름이 천근이지만 인생의 무게는 부딪쳐봐야 아
는 기다. 생각만으론 알 수 없다. 우리 만근 형님이 하
신 말씀이다.

하이 학교를 그만두는 생각만 해도 두렵기도 하지만 뭔가
짜릿한 거 같아. 혼자는 몰라도 같이 하면 그만둘 수
있을 용기가 있을 것 같아.

천근 길가에 다람쥐도 걱정 없이 사는데 뭔 고민이고? 발길에 부딪치는 돌멩이에도 감사하며 살면 된다.

하이 (머리를 좌우로 흔들며) 모르겠어 모르겠다구. 어떻게 살아야 할지. 분명한 건 10년 후가 되면 아니 20년, 아니 30년 후가 되면 나는 뭐든 돼 있을 거고 그때는 어떻게든 살아가고 있을 거니 이런 고민을 하지 않을 거니까 빨리 40, 50이 되면 좋겠어.

천근 내일에 대한 고민보다는 오늘을 잘 사는 게 중요할 거야, 내일을 위해 사는 놈은 오늘 사는 사람에게 죽는다' 뭐 그런 영화대사도 있던데… 그런 의미에서 한게임 치러가자. 지는 사람 짱깨이 내기 콜?

내일 (양손 검지를 치켜세우며) 콜~콜. 오늘 점심 한 끼 얻어먹겠네요. 하하하.

천근, 내일, 하이 다 같이 퇴장.

암전.

2장

서서히 조명 밝아오며 핀조명 받는다.

하이가 양손을 왼머리에 모은 채 자는 것처럼 첫 장면과 같이 무대중앙 의자에 자는 것처럼 앉아있다.

스탠드마이크가 무대 왼쪽에 놓여있고 그 앞에 테이블과 의자가 놓여있다. 오른쪽에는 자전거가 세워져있다.

따르릉 따르릉 자전거소리가 알람처럼 울린다.

(하이가 눈을 반쯤 뜨며 하품을 하며 기지개를 켠다.

주변을 두리번거리며 고개를 갸우뚱거린다.

왼손으로 머리를 똑똑 두들기다가 뺨을 꼬집는다)

하이   아! 이상하다 참말로 이상하다. 내가 내가 여서 뭐하고 있노? (자신의 몸을 살피며)어! 내가 누구고? 내는 뭐하는 사람이고? 내 이름이 생각이 안 난다. (양손을 마주치며) 아 그래 생각났데이, 내 친구들하고 오랜만에 만나가 술 한잔 하고 있었든 거 같은데…. (고개를 양쪽으로 한번씩 갸우뚱거린다)

이때 조명이 켜지며 무대중앙에 있는 스탠드마이크에 조명이 들어온다.

또 한 조명이 켜지며 객석에 등지고 꽃다발을 들고 테이블에 앉아있는 천근을 비춘다.

시상식진행자의 멘트가 들려온다.

진행자   신사숙녀여러분! 레이디앤젠틀맨! 오랫동안 기다리셨습니다. Have a long long time passed. (해브어롱롱타임패스드) 대망의 2023 올해를 빛낸 아카데미 최우수 희곡상을 발표하겠습니다. (드럼소리 긴장감)

진행자   올해 희곡부분에서는 주옥같은 작품들이 많았지만 그 중에서도 최고로 평가받는 올해의 희곡상은 바로, (두구두구 드럼소리) 바로… (뜸을 들인다) 한국사회에서 뒤처진 사람들의 인생도전기를 그려낸 이야기로 희곡에서 글로벌 영화로까지 제작예정인 〈루저들의 이야기〉를 쓴 한국에서 온 HIGH~Lee! congratulation! 축하드립니다. (축하의 팡파레가 울린다)

진행자   시상자는 무대 앞으로 나와 수상과 축하소감을 부탁드리겠습니다. (일어서서 마이크 앞으로 걸어 나온다)

하이   (흥분하며 감격에 차있다) 아… 네… (말을 잘 잇지 못하며 고개를 뒤로 돌리며 눈물을 닦는 시늉을 한다) 고국에 계신 동포여러분 그리고 저를 아는 모든 사람들… 아름다운 밤입니다. Beautiful!~~ (손을 입술에 대었다 손뽀뽀를 관객에게 날린다) 제가 드디어 〈루저들의 이야기〉로 외국인에게는 허용되지 않았던 이 시상식에 서게 되었습니다. 사람 사는 곳은 세계 어디에서나 계층별로 앞서나가는 사람이 있으면 뒤처지는 사람이 있게 마련입니다. 저의 변변찮은 이야기를 다룬 이 작품이 이렇게까지 인정을 받을 줄은 상상도 못했습니다. 오늘의 영광이 있기까지 지나온 저의 시간들이 결코 헛된 것이 아님을… (숨을 고르며 헛기침을 한다) 지금도 마이너의 삶을 살아가시는 여러분에게 희망을 잃지 말고 순간순간을 자신을 아끼고 격려해 주셨으면 합니다. 좋은 대학 못가고 결혼도 못하고 집도 없고 절도 없고 차도 없이 아무것도 가진 것 없는 제가~ 아! 자전거는 있군요. (웃으며 손으로 자전거를 가리킨다) 이 땅위의 모든 루저들과 함께 기쁨을 나누고 싶습니다. (고개를 숙이며 인사를 한다)

우레와 같은 박수소리와 함께 천근과 내일이 자리에서 일어나 하이에게 축하의 인사와 함께 꽃다발을 건넨다.

천근   (흥분한 얼굴로) 야! 하이야 축하한다. 니는 정말 우리 같은 몽상가들의 구세주인 기다. 나도 열심히 함 해볼란다. 정말 고맙데이. 이번에 내도 작가수업 열심히 참여해가지고 말로만이 아니라 진짜로 신춘문예에 도전할끼라. 우리 어무이가 내보고 '말로는 조선의 떡을 다 썰어먹을 놈'이라고 하는데 이제 펜으로 세계를 주름잡아봐야제.

하이   하이고 형님 정말입니까? 뭐 이번에도 생각만 천근만

근 아입니까? 하하하. (하이, 천근, 내일 다 같이 웃는다)

내일 (부러움 반 시샘 반) 진심으로 축하한데이. 니 우얄라고 이런 큰상을 받았노? 니 이제 스타데이 스타. 밤하늘에 떠있는 스타. 이제 내 같은 거는 같이 못 놀겠네 으이. 같이 못 놀겠어. 니 우얄라고 이런 큰상을 받았노? (갑자기 머리를 갸웃거리며) 이거 꿈 아이가? 꿈이 아닌 담에야 이럴 수가 있나? 한번 사회에서 뒤처지믄 따라잡을 수가 없제. 꿈이 아닌 다음에야 이럴 수가 없제.

하이·내일·천근 (동시에 서로 쳐다보며) 꿈?

천근 그라고 보니까 내가 여기까지 어떻게 왔는지 기억이 없다. 여기가 어데고? (자문하며) 아카데미 시상식이믄? 여~기 미쿡? 내가 왜 여기 있지?

내일 니 내 볼 꼬집어봐라 아픈지 안 아픈지 안 아프믄 꿈이다.

하이 야, 이건 내 꿈이가 니 꿈이가? 내 꿈이믄 내 볼을 꼬집어야지.

내일 아이다 누가 꿈은 다 연결돼있다 카더라 그라고 이게 니 꿈이든 내 꿈이든 이럴 수가 없다 한번 루저는 영원한 루저다. (자신의 볼을 꼬집는다) (웃으며) 봐라 안 아프다 이거 꿈이다.

하이 뭐라꼬 안 아프다고? 니 내 놀릴라고 샘나서 그라는 거제? (반신반의하며) 양손으로 내일의 귀싸대기를 올려

붙인다.

내일　(얼굴이 붉어지며 인상 쓰며 웃는다) 하, 하, 하… 안 아프다.

하이　형님은 어떻습니까? (천근의 뺨을 때린다)

천근　아이고, 아이고 하이가 사람잡네. 아이고 아이고. (두 뺨을 어루만진다)

하이　아이고 미안합니다. 내일이 꿈이라케가… 꿈 아닌 거 맞지요?

천근　아이고 그걸 내한테 물으면 우야노? 이게 니 꿈이면 니가 꼬집어봐야지.

하이　(반신반의하며, 자신의 귀싸대기를 양손으로 올려붙인다)

내일　하이고~ 아프겠다. (웃으며) 왜 그래 세게 때리노?

하이　(놀라며) 안 아프다. 양볼을 꼬집어본다. (관객을 향해) 이거 꿈입니까?

조명이 하나둘 꺼지며 암전.

3장

선술집 막걸리4000냥집 간판이 정면에 보인다.

테이블에는 막걸리 3–4병, 안주거리.

하이, 천근, 내일 세 사람이 앉아있다.

하이는 고개를 거의 테이블에 박을 듯 꾸벅꾸벅 졸고 있다.
내일이 졸고 있는 하이의 볼을 꼬집는다.

하이   (비명을 지르며) 아야!

내일   니는 술도 잘 못 먹노? 어째 술 몇 잔 먹었다고 꾸벅꾸벅 인사 잘 하고 있노?

천근   인생사새옹지마 일장춘몽이라 잠깐의 단꿈이지. 그래 뭐 좋은 꿈 꿨나?

하이   아, 어제 작가수업 때매 희곡 대본 과제한다고 잠을 잘 못자 가지고… 내가 잤어요?

천근   마 옆에서 꾸벅꾸벅 해가지고 고개를 끄덕끄덕 하는데 내 얘기가 그래 공감이 가갖고 그라는줄 알았드만… 니는 눈 뜨고도 자나? 눈 감고 자나?

하이   꿈꾸는 사람은 눈 뜨고도 꿈꾸고, 눈 감고도 꿈꾸지요. 삶이 꿈 아입니까?

내일   삶이 꿈이라고? 그라믄 니는 니 맘먹은 대로 살 수 있겠네. 돈 없으면 부자 되면 되고, 집 없으면 집 나와라 하면 되고, 삶이 꿈이면 뭐든, 니 맘대로 할 수 있나? 꿈에서조차 꿈꿀 수 없는 게 현실이다. 금수저는 금수저 꿈꾸지만 흙수저는 꿈에서도 흙수저다.

천근   감사를 해야 된다. 감사! 무엇이든 주어지는 대로 고맙습니다 하고 살아봐라.

내일	형님은 그게 무슨 이야기입니까? 그 얘기가 이 현실하고 무슨 상관입니까?
천근	허허허. 공수래공수거다. 뿌린 대로 거둔다.
내일	그라믄 뭐 내가 노력을 안 해서 이 모양 이 꼴로 산다 이런 얘깁니까?
하이	참으로 이상하다. 내가 꿈을 꾼 거 같은데 어쩨 생생하노? 꿈이 아인 거 같다 꿈에서 볼을 꼬집었는데 꿈에서는 안 아팠는데 깨고나이 아프다.
내일	그거 내가 정신 차리라고 꼬집은 거다. 니 요즘도 대학교 다니고 있다고? 니는 지금 나이가 몇 살인데 뭐 배우러 댕기나? 니 그래갖고 언제 돈 벌어서 노후에 어떡할라고 하노? 신문 보이까 중학교 때 인석이 알제? 나인석. 야 가가 글쎄 이번에 대구경찰청장으로 온다카데. 이력 보니까 경찰대 나온 거 같은데… 잘 나가네… 내보다 공부는 쪼금 더 잘하기는 했지만.
하이	갑자기 동창 얘기는 왜? 내일이 너는 동창회도 안 나가잖아? 잘 나가는 애들 자랑하는 것도 꼴 보기 싫고 사는 거 바뻐 관심도 없다믄서… 그래도 관심은 있나 보제?
내일	인석이 가가 공부만 잘했제 뭐 있나? 내 만쿠로 불의를 보면 못 참는 의협심이 있나? 선생님 말만 잘 듣는 모범생이 시험 잘 봐가 그런 자리 올라갔는 거지.

천근 (비웃으며) 니 그카다가 노래방에서 동네건달들한테 신나게 두들겨 맞았던 거 생각 안 나나? 괜히 지나가면 되는데 노래방아지매가 이뻐서 그랬나? 건달들한테 (내일 흉내를 내며 정의의 사도인 듯 내일을 보며) "아재요, 아재요. 술 좀 드신 것 같은데 뭔 일 있는교?" 카다가 직싸게 두들겨 맞고 방에 끌려가가 싹싹 빌고 나왔든 거… 니 때문에 내까지 얼마나 쫄았는지….

내일 와 지나간 아픈 일을 들춰내는교? 금마들 3명 우리 3명 일대일로 맞다이치믄 내가 마 손 좀 봐줄라 캤는데… 형님이 워낙 허약해갖고 도움이 안 되니까 내가 틈을 보고 있는데 옆방에서 3-4명 더 나오니까 쪽수에서 우리가 밀리는 기라. 내 참았지요. 금마들 정말 운이 좋았지요 아유! (주먹을 세게 쥐며 울분을 통한다) 내 저번에는 두류공원에서 여자 괴롭히는 남자 손 좀 봐준 거 봤지예? 비겁하게 남자새끼가 여자를 갈구고 그라모 내가 못 참지예. (그때 장면이 생각이 난 듯 천근의 팔을 잡으며) 여자 손 놓으소. 야밤에 여서 여자가 싫다 카는데 차에 태울라 캅니까?

하이 (봉변당하는 여자 역할하며) 아저씨 괜찮아요. 그냥 지나가이소.

천근 (싸우고 있는 남자 역할하며 내일의 큰 체격에 살짝 졸아서) 아. 와… 와… 그랍니까? 우리 애인인데 아무 일 아입니다. 지나가이소.

내일   아, 그… 래… 요? (멋쩍은 듯 머리를 긁적이며) 그래도 약한 여자를 힘으로 하면 안 되지예. 조심하이소. 알겠지요?

천근·하이·내일 (같이 웃는다)

천근   그라이까네. 아무 데서나 정의의 사도 하면 돌 맞는 기라 모른 체하고 지나는 게 신상에 좋다.

내일   인석이 금마 시험칠 때 일진들이 보여달라 하니까 어쨌는지 알아요?

내일   (학창시절로 돌아간 듯 일진이 돼서) 인석이 니 시험볼 때 정답쪽지 내한테 넘기라 알긋제? (주먹을 들어 보이며) 안 보이주면 알제? 시험보다 주먹이 가깝데이!

하이   (나인석에 빙의돼서) 뭐라고? 안 된다. 선생님 알믄 둘다 실격 돼가 0점 처리된다.

내일   (머리를 툭툭 건드리며) 이 짜슥이. 공부 잘 한다고 눈에 뵈는 게 없나? 니 옥수수 털리고 싶나?

하이   야 니 자꾸 그카면 선생님한테 이야기한데이. (기어들어가는 소리로) 그라지마라.

내일   으이구, 그카든 자슥이 뭐 대구경찰청장이라고? 인석이가 지방경찰청장이믄 나는 뭐 대통령은 하고도 남겠다. 이래갖고 뭐 세상에 정의가 서겠나? 정의가.

하이   그라고 (내일을 보며) 니 우찬이 알제? 머리 좀 벗겨지고 통실통실 곰 같은 아, 왜 너하고 친했잖아? 이번에 동창회 나갔을 때 우찬이 만났다. 야, 걔는 중학생 때나 지금이나 머리 벗겨진 건 똑같더라. 하하하 우찬이한테 너 얘기했더니 보고싶어 하더라. 우찬 걔는 경대교수라고 하더라. 학교 댕길 때 (내일을 보며) 니하고 성적이 엇비슷하지 않았나?

천근 허허허 공부 얘기는 내 앞에서 하지 마라. 내가 교수 뺨치는 사람 아이가. DC갤러리 게시판에서 내가 서울대 교수하고도 논쟁해서 이겼다니까. 도올유튜브채널에서도 내가 댓글 달면 내 밑으로 공감댓글 쫘악 달린다 카이. (양손 엄지 척하며)모두 인정?

내일 형님 말 같은 얘기를 하이소. 그 사람들이 교수인지 어떻게 압니까? 그냥 아무렇게나 이름 쓰는 건지, 그리고 그 사람들이 할 일이 없어서 이러쿵저러쿵 하겠습니까? (하이를 보며) 우찬이가 교수라고? 참 교수 같은 얘기하네. 우찬이 임마도 코 찔찔거리고 말 더듬는 병 있어가지고 (우찬이 빙의되어 말더듬) 에~ 우리는 에~또 학, 학, 학생, 여, 여, 러, 분, 바, 바, 반갑 갑, 갑, 습니다, 이러고 있지 싶다. 참 갑갑하데이~ 그기 뭐 교수라고? 우찬이가 교수면 나는 총장 아니 교육부장관은 안 돼 있겠나? 이 망할늠의 사회가 인재를 몰라보네. 내 같은 사람이 학계나 정계로 나가야 사회가 잘 돌아갈 낀데… 나를 알아보는 사람이 없구만 없어 휴! (한숨을 내쉰다) (천근을 보며) 그나저나 저처럼 다음게시판이나 네이버 같은 데서 기사 올라오면 사람들하고 교류하면서 논쟁 해보면 사회가 얼마나 부조리한지 사람들의 생각이 어떤지 잘 알 수 있습니데이. 스트레스도 풀리고요 참 별 사람 다 있다니깐요. 하이, 니는 요즘도 동창회 나가나?

하이   요즘은 이상하게 잘 안 나가게 되더라. 동창회 나가게 된 게 나는 내가 어떤 사람였는지 궁금하더라. 동창들이 기억하는 나는 어떤 모습이었고 내가 좋아했던 동창들은 또 어떤 모습일지 보고 싶었거든. 근데 충격이더라. 모임장소에 들어섰는데 웬 아줌마 아저씨들이 앉아있는데 내가 잘못 온 건가? 그런 착각이 들더라.

천근   강산은 의구한데 사람은 간 데가 없구나.

내일   아이고 형님요 거 무슨 소린교? (퉁명스럽게) 옛날 사람입니까? 시조합니까?

천근   내일이 니는 내가 무슨 소리만 하면 트집 잡더라. 고등학교 중퇴해서 학벌에 대한 콤플렉스 있나? 내가 유식하니까 무슨 열등감 있나? (자화자찬하며) 내가 공부를 좀 많이 하긴 했제. 웬만한 석학들도 나한테는 못 당한다니까… 교수 별거 아이다 실력이 있어야제 실력이~ 암!

내일 아이고 지나가던 개가 웃심다. 공고 나온 사람한테 무
슨 열등감예? 내야말로 아버지가 좀 밀어줬으면 경대
교수는 충분히 했을 건데… 학교 다닐 때 인석이는 몰
라도 우찬이는 내보다 못했는데… 내가 포덕[2]만 잘
됐으면 한자리 했을 건데 하늘이 돕지를 않네 않아.

하이 그래도 보니까 부반장 병덕이 가는 내가 알아보겠더
라. 어릴 적 얼굴이 쪼매 남아있더라구. 근데 가는 나
를 모르는 거라. 거기 나와 있는 애들 모두 나를 모르
는 거라. 한마디로 존재감이 없었던 거라. 투명인간.
나는 살아있었지만 기억에는 없는 사람이었던 거지.
동창회를 안 나가게 되는 게, 몇 번 나가보니 내가 알
던 사람들이 아니더라. 새로운 인간관계의 시작이더
라. 그래서 잘 안 나가게 되었지. 동창회 말고도 취미
동호회나 친목동호회 같은 데도 많이 나갔지. 별반 다
르지 않더라. 모임이라는 게… 그때그때의 인연인 것
같아. 뭐 그게 뭐 시절인연인 거지.

천근 시절인연이라… 좋은 시상이 떠오르는데 한번 들어볼
래나. (낭송 투로)
제목 '빈가지'
나의 청춘은 피었다 졌다. 아 그리움이여
빈 가지로 남은 나의 외로움이여!

---

2) 전도로 사람을 데려오는 일.

어떻노? 역시 탁월하다니깐 하하하.

내일 시가 뭐 그리 짧습니까? 탁월한 자화자찬입니다. 하하하.

천근 오다가 버스정류장에서 어린아이를 보았다. 정류장에 있는 신문지가 아이의 놀이터가 되었다.

나는 쓰레기로 보았는데 아이에겐 놀이가 되었다.

어떻노? 탁월하제! 이런 감각 정도는 있어야 시인이지. 아이의 눈에는 쓰레기가 아니라 재미있는 놀이로 바뀌는 거지. 이런 터닝포인트, 이런 관점, 감각 아무나 쓸 수 있는 게 아니다.

내일 됐고요. 잔이나 좀 채워주소 이거 뭐 술집에 와가지고 분위기 안 맞구로 뭡니까? (스스로 잔을 채운다)

천근 내 이번에 사이버대학 문예창작과에 입학했다 본격적으로 공부해볼라고….

하이 아 진짜요?

내일 웬일입니까? 돈 없어서 공부 못 할 건데.

천근 아이다 무료다. 국가장학금 신청 받으면 돈 안 내고 다닐 수 있다.

하이 아 그래요 잘됐네요. 뭐든 해보이소. 혼자 하는 것보다 정규교육 칼리큘럼 받으면 도움 많이 됩니다. 형님이 아는 건 많지만 자격증이나 학벌도 할 수 있으면 하는 게 좋아요.

천근 근데 국가장학금 이거 어떻게 받노? 무슨 공인인증서 받아야 한다고 하는데 성질 나가지고 못하겠더라. 폰 가지고 다 되는데 인증서 받으라카이, 컴퓨터가 있어야 되는 거 같더라.

내일 형님 컴맹입니까? 까막눈?

천근 요번에 노트북 하나 샀는데 인증서 다운 받는 게 왜 그리 어렵노? 내 국장 안 받고 때려치울라 캐뿟다.

하이 형님! 요즘 공부는 컴은 기본으로 할 줄 알아야 뭐든 할 수 있습니다. 문예공부를 할라고 해도 컴 기초적인 것은 배워야 돼요.

내일 마음 공부한다 카는 사람이 그래갖고 공부는 어떻게 합니까?

천근 야~ 니는 도인이 되겠다는 사람이 사람 맘을 어루만 져줄 줄 알아야지. 그라니까 니가 그거밖에 안 되는 거 지. 오늘은 콜 없나?

내일 됫심다. 좋은 얘기해 줄라고 한 건데. (살짝 풀죽어) 요즘 은 무릎이 안 좋아 쉽니다. 술이나 한잔 하입시다. (잔을 들어 건배 제의하나 반응이 없어 혼자 마신다)

하이 인증서 받는 거 내가 시간 내서 도와주께요. 그나저나 요번에 공공근로 일자리는 신청했어요? 저번에도 안 됐잖아요?

천근 요번에도 떨어졌다. 요즘은 하기가 힘들다. 경기도 안 좋고 해서 실업자들이 쏟아진다. 아, 작년에 할 때는 좋았는데. 거기 아지매하고 재밌게 일했는데 밥도 같이 먹고 이야기도 하고 이것 또한 감사해야지. 차라리 잘 됐다. 실업급여하고 근로장려금 나온 거 있으니까 당분간 공부하면서 시도 쓰고 웹소설도 써볼 생각이다. 요번에 작가수업도 참여하고 있으니 책도 함 내봐야 안 되겠나? 내일이 니도 작가수업 해볼 만하나? 저번 수업에는 왜 과제 안 해가지고 왔노? 수업도 일 있다고 빠지지 말고 꼬박꼬박 나온나. 글은 엉덩이로 쓰는 기다. 찐득하게 책상 앞에 앉아있어야 글 나온다.

내일 내야 뭐 형님 잘 하고 있나, 하이하고 놀라고 겸사겸사 신청한 거라 가지고. 그라고 머리가 굳어가 글이 안 나오고 가슴이 말라가 감정이 안 나와요. 썩을… 술이나 한잔 하입시다. (잔을 채워 혼자 마신다)

(노래하며) 가는 세월 그 누가 잡을 수가 있나요 흘러가는 그 시냇물을 막을 수가 있나요…. (내일이 술기운에 테이블에 쓰러진다)

암전.

4장

대명예술공간 작가수업교실. 희곡대본쓰기 수업.

하이, 천근, 김 작가가 2인용 책상에 앉아있고 하이, 천근이 정면을, 김 작가가 옆을 보이며 앉아있다. 책상 위에는 쓰고 있는 희곡대본과 펜이 놓여있다.

김작가 오늘 과제는 다 해왔나요? 낭독극 진행하려면 일정이 얼마 없어요. 이번 주말까지는 정리해서 제출해주세요. 내일 씨는 오늘도 안 왔나요? 저번 시간에도 안 오더니만… 과제 제출하고 안 하고는 여러분들에게 달렸어요. 저는 얘기만 드릴 뿐예요. 고집 세거나 스스로 글 좀 쓸 줄 안다고 생각하는 사람한테는 더 얘기 안 합니다. 어차피 안 하거나 얘기해도 안 되니까요. 하이 씨는 잘 돼가나요? 제가 저번에 피드백 드린 대로 구성을 맞추시면 돼구요. 자기 얘기를 하는 건 바람직스러운 거예요. 자기를 드러낼 수 있다는 건 그만한 용기가 있다는 거니까요. 천근 씨는 과제 해왔나요?

천근 아 제가 요즘 학교에 다녀가지고 시간도 없고, pc워드 독수리타법이라서요. 그냥 글로 써왔어요.

김작가 네 알겠어요.

천근 아 네 감사합니다. 감사합니다.

김작가	하이 씨는 희곡대본 제목이 뭔가요?
하이	'눈 뜨고 꾸는 꿈'입니다… 부제는 '루저들의 이야기' 로 할까도 생각중예요.
김작가	뭐를 이야기하고 싶은 건가요?
하이	저는 어린 시절부터 궁금해오던 왜 살아야 하는가, 어 떻게 살 것인가 등에 대한 얘기예요. 제 스스로 묻고 물었지만 가르쳐주는 사람도 없고 어렸기에 알 수가 없었어요. 단지 오십쯤 되면 그 문제가 풀릴 것이라고 막연하게나마 생각했고 그 나이가 되니 정말 모든 문 제가 풀렸어요. 그건 꿈이었어요. 눈 뜨고 꾸는 꿈, 눈 감고 꾸는 꿈.
김작가	그건 나이가 드니 저절로 알게 되는 건가요?
하이	아니요. 그 답은 그냥 주어지는 것이 아니라 스스로 만 들어나가야 하는 거예요. 그걸 꿈으로써 알게 된 거예 요 '삶이라는 꿈'. 그 꿈을 지금까지 꾸었어요. 눈 감고, 눈 뜨고. 이제 제게 밤에 꾸는 꿈이든, 낮에 꾸는 꿈이 든 상관없어요. 꿈에서 깨어났으니까요. 누가 그랬어 요. 꿈에서 깨어나면 죽어야한다고. 사람에게는 꿈이 있어야 한다고. 그리고 꿈은 연결되어있다고. 그래서 전 다른 꿈을 꾸기로 했어요. 삶이 무엇인지 알고 싶은 꿈이 아니라 기왕이면 삶을 재미있게 살아가는 꿈을 꾸기로요.

김작가　(빙긋 웃으며) 네 재미있는 얘기네요. 마감까지 최선을
　　　　　다해주세요.

하이　　네 오늘 밤을 태워서라도 끝내도록 하겠습니다. 감사
　　　　　합니다.

천근　　야! 이야기 재미있겠는데… 무대에 올리면 재미있겠
　　　　　어요. (목소리 톤 낮추며) 근데 하이야, 내 실명은 좀 빼주
　　　　　면 안되겠나? 원래 대본 같은 데에는 주위사람 진짜이
　　　　　름 안 쓴다. 개인 프라이버시가 있는 거다.

하이　　(웃으며) 알겠습니다. 삶이라는 무게, 내일을 위해 살아
　　　　　가는 우리의 모습, 참을 수 없는 존재의 가벼움, 이런
　　　　　것들을 잘 버무려 마무리할게요. 참 저는 본명 쓰셔도
　　　　　괜찮습니다.

김작가　자 오늘 수업은 여기까지입니다. 수고하셨어요!

　　　　김 작가, 천근, 하이 퇴장.
　　　　교실에 불이 꺼진다.
　　　　암전.

에필로그

　　　　불이 켜진다.

수업교실에 하이가 책상 위에 엎드려 자고 있다.

따르릉따르릉 자전거 알람음이 들려온다.

하이는 눈을 감고 일어나 몽유병 환자처럼 손짓, 발짓, 몸짓
을 하다가 조용히 바닥에 드러눕는다.

암전.

비열

이혜정
멘토 김현규

등장인물

정민 8년째 연애 중. 냉정하며 객관적인 성격이다.
지수 2년째 연애 중. 대준의 직장 후배이다.
소윤 한 달째 연애 중. 고등학생이다.
대준
유진 외 다수

시간

현재와 각 여자들과의 과거를 넘나든다.

장소

카페 외 다양한 공간

무대

무대 중앙에는 테이블과 의자가 있다.

1장

어두운 무대.

인물들이 대사를 할 때마다 조명이 떨어진다.

인물들 거리감이 있음.

정민 작은 내 방에 누워서 천장을 바라보면, 내가 누군지, 내가 뭐 하는 사람인지, 내가 오늘 어떤 하루를 보냈는지… 어색할 때가 있어요. 정말 매일을 치열하게 살아 왔어요. 그러다보니 잠깐… 내가 그렇게 만들었겠죠. 난 늘 바빴으니까. 외로웠겠죠? 힘들었을 거예요. 그 긴 시간을 만나면서 늘 뜨거웠다면 거짓말이겠죠. 지금도 제 기분이 어떤지 잘 모르겠어요. 조금 속상한 것 같아요. (사이) 아니… 좀… 많이?

지수 어떻게 나한테 그럴 수 있죠? 전 정말 아무것도 몰랐어요. (잠시) 이번 주에 우리 엄마아빠랑 식사도 하기로 했거든요? 전 정말… (한숨) 황당해서… 항상 다정하고 나한테 충실했고, 우리 함께 나눴던 2년이라는 시간이 다 거짓말이라는 거잖아요. 저 사실 믿기지 않아요. 그 사람이 그런 사람이라고 믿겨지지 않아요. (사이) 이번 주에 예약한 레스토랑, 취소… 해야겠죠?

소윤   알고는 있었어요. 그 오빠, BMW 되게 편하던데… 제
        고민 같은 것도 잘 들어주고… 나한테 잘해주는 오빠?
        선물도 막 사주는. 여자친구 있다길래 조금 실망했
        었죠. 근데 곧 헤어질 거라고 하더라구요. 뭐 사실 전
        썸?? 뭐 그 정도였던 거 같은데, 모르겠어요. 걍 좀 어
        이없네요.

        암전.

2장

세 여자가 한 테이블에 앉아있다. 빈 의자가 하나 있다.
어색한 분위기가 흐르고 있다.

지수   하, 참 기가 막혀서.

지수의 말에 쳐다보는 둘.

지수   (정민에게) 우리끼리 뭐하자구요?
소윤   저는 8시까지 체육관 가야 되는데요~
지수   하, 이런 애랑? 미친놈.

소윤   이런 애라뇨?

지수   이런 어린애!

정민   지수 씨라고 했나요?

지수   네.

정민   만난 지 얼마나 되셨어요?

지수   2년이요.

정민   음… (웃음) 네….

지수   그쪽은요?

정민   배정민이라고 합니다.

지수   네, 배정민 씨. 그쪽은요?

정민   8년이요.

지수   (놀라며) 허 참, 기가 막혀!

소윤   언니들 죄송한데요. 저 근처에 친구가 기다리고 있어서 일찍 가야 되거든요.

지수   알겠어!

커피를 마시는 셋.

지수   저 궁금한 게 있는데요.

정민   저한테요?

지수   네, 도대체 정민 씨랑은 언제 데이트해요? 저희 되게 자주 만나는데.

정민   저흰 잘 안 만나요.

지수   네?

정민   최근에 만난 게 두 달 전이었나?

지수   두 달 전? 그게 사귀는 거예요?

정민   ….

지수   연락은 매일 해요?

정민   그냥 한번씩… 서로 바쁘면 안 할 때도 많고….

지수   그게 뭐야….

소윤   오빠 맨날 폰만 보는 거 같던데?

지수   뭐?

소윤   왜요?

지수   너랑은 연락을 자주 하나봐?

소윤   자주 수준이 아니고요. 집착하는 것처럼 연락이 겁나
         와요. 잠깐 답장 안 해도 카톡이 쌓여 있다니까요. 무
         슨 말이 그렇게 많은지. 좀 귀찮아요.

지수   아~ 그래?

소윤   왜요? 언니랑은 안 그러나 봐요?

지수   야!! (사이) 아니, 그래서요. 우리 왜 부르신 건데요?

3장

대준이 걸어와 빈 의자에 앉는다.

대준 나 오래 못 있어.

정민 (핸드폰을 보며) 어.

대준 밥은?

정민 유진이랑.

대준 어, 그래… 유진이 결혼 언제랬지?

정민 11월.

대준 어, 그 전에 다시 말 좀 해줘.

정민 알았어… 넌?

대준 어? (정민을 쳐다본다. 둘 눈 마주친다) 아… 먹었어.

정민 (다시 핸드폰을 보며) 잘했네. 회사는 좀 어때?

대준 (사이) 그냥 그렇지 뭐.

정민 저번에 내가 말한 거 생각해봤어?

대준 뭐?

정민 회사 옮기는 거.

대준 아….

정민 거기 자리 괜찮아.

대준 됐어.

정민 뭐?

대준 　난 지금 여기도 좋아.

정민 　그래도, 유상이가 따로 알아봐준 건데.

대준 　알지….

정민 　그래도 안 간다고?

대준 　유상이 그 새끼 어떻게 믿고… (사이) 나 굳이 회사 옮기고 그러고 싶지 않아.

정민 　아깝지 않아?

대준 　뭐가?

정민 　이런 기회가 흔해? 유상이가 거기 인사과 부장이랑 친해서 만든 자리라는데… 너 언제까지…. (멈칫한다)

대준 　언제까지 뭐? (사이) 우리 회사도 충분히 좋아.

정민 　그래서 그러는 게 아니잖아… 난 그냥… 우리 취업스터디 같이 할 때 열심히 했던 게….

대준 　그게 뭐?

정민 　유상이랑 스터디 사람들이 다 너 생각해서 그러잖아.

대준 　널 생각하는 거 아니고?

정민 　뭐?

대준 　왜? 같이 준비했는데 넌 대기업 가고 난 중소기업 가니 좀 그래? 그냥 솔직히 말해. 내가 쪽팔린다고.

정민 　무슨 말을 그렇게 해.

대준 　그래서 유상이한테 부탁했어?

정민 　(놀라며) 너….

대준   (애써 참으며. 잠시) 나 충분히 이 회사에서 인정받고 일
      하고 있어. 근데 너만 만나면 이상하게 내가 잘못 살고
      있는 거 같아. (나간다)

혼자 멍하게 있는 정민. 유진에게서 전화가 온다.
무대 한쪽에 유진이 등장.

유진   야, 치사하게, 우리 이 정도 사이밖에 안 돼?
정민   무슨 말이야?
유진   헤어졌으면 헤어졌다고 말을 해줘야 할 거 아니야.
정민   무슨 말이냐구?
유진   너 대준이랑 언제 헤어졌는데?
정민   뭘 헤어져?
유진   (당황하며) 어? 너네 헤어진 거 아니야?
정민   아니라고, 왜?
유진   아 뭐지… 야… 아 아니야. 내가 잘못 봤나봐~
정민   아, 뭔데? 진짜.
유진   하… 내가 잘못 본 걸 수도 있어. 정민아. 일단 놀라지
      말고 들어… 나 오늘 남자친구랑 드레스 피팅 하러 갔
      거든? 근데 거기서 대준이가 어떤 여자랑 드레스 피팅
      하고 있더라. 아 근데 너네 헤어진 거 아니라며. 그럼
      내가 잘못 본 걸 수도 있어. 아니 근데 진짜 대준이랑

너무 닮았던데, 나는 그래서 너네 헤어진 줄 알았고.
아니 아니야 대준이 아니겠지 뭐, 근데 진짜 대박 너무
닮았어. 혹시 대준이 쌍둥이니?

4장

다시 카페.

정민   결혼 준비 잘 돼가요?

지수   어머, 어떻게 아셨어요?

정민   친구가 드레스샵에서 두 사람 봤다더라구요.

지수   진짜 세상 좁다… 근데 저 정~말 궁금한 게 있는데요.
왜 한 달이나 지나서 우릴 부른 거예요? 알자마자 화
안 나셨어요?

정민   그랬죠. 그래서 저녁에 대준이를 찾아갔어요. 대준이
가 운동하는 체육관 앞에서 대준이를 기다리고 있었
어요. 붙잡고 화라도 내려고요. 어떤 여자랑 대준이가
엄청 다정하게 팔짱까지 끼고 나오더라구요? 근데 한
눈에 알았어요. 저 여자는 지수 씨가 아니라는 걸.

지수   어떻게요?

정민   교복을 입고 있었거든요.

소윤 어? 그거 나예요!

지수 조용히 좀 있어줄래? 아니, 그래서요? 뭐 어떻게 하셨는데요?

소윤 음, 사귀기로 한 초반인가?

지수 제발!

정민 그걸 보고 그냥 돌아갔어요. 이상하게 차분해지더라구요. 그리고… 그럴 수도 있겠다… 는 생각이 들었어요.

지수 그럴 수도 있겠다? 대단하시네요.

정민 저에게도 시간이 필요했어요. 그리고 지금은 이야기를 좀 해보고 싶어서 부른 거에요.

지수 무슨 이야기요?

정민 결혼… 어떻게 하실 거에요?

소윤 언니, 잘 생각해요. 지금 보니까 이 오빠, 장난 아니네.

지수 넌 좀 조용하랬지.

소윤 나한테만 지랄이야.

지수 (한숨) 2년 연애 했으면 알 만큼 알았다 생각했는데… 아 어떡해 진짜! 이번 주에 우리 엄마, 아빠도 만나기로 했다구요! (울컥) 저… 어제 연락 받고 한숨도 못 잤어요. 오늘 회사도 못 나갔구요. 그 인간 보면 어떻게 될 것 같아서… 진짜… 나… 여기 나오기까지 계속 그 인간 생각나고 열 받아서 미치는 줄 알았어요!! 지금도 손이 떨리고 심장이 쿵쾅거리구요… 아… 울 것 같아… 어떻게 저한테 그럴 수 있죠?

정민   네, 네….

소윤   진정 좀 해요. 8년 만난 언니 앞에서….

정민   난 괜찮아요.

소윤   헐~ 상여자네 이 언니.

지수   괜찮다는 말, 진심 아니잖아요… 8년이나 만난 남자가 다른 여자를, 그것도 둘이나 만나고 있는데, 세상에 괜찮을 사람이 어딨어요?

정민   (웃음)

지수   언니도 보통은 아니네요. 어떻게 그렇게 침착해요?

정민   걔 성격에 그럴 수도 있겠다 싶어서요. 외로움이 많거든요.

소윤   아~~ 어쩐지 미친놈처럼 들이대더라니….

5장

대준, 주짓수 옷을 들고 등장. 여자들에게 나눠준다.

대준   너네들 아직 도복도 안 갈아입고 뭐해. 어서 입어.

여자들 입는다.

대준 소윤! 넌 아직 기본자세도 별로던데, 오빠가 봐줄게. 이리와 봐.

소윤 아~ 됐어요~

대준 이리와 봐, 기본자세가 중요한 거야. 잘못하면 다친다니까, 너 저번에도 허리 삤었잖아.

소윤 그렇긴 했는데, 괜찮아요.

대준 괜찮긴 뭐가 괜찮아 임마. 오빠니까 알려주는 거야~ 야 너네도 잘 봐.

아이들은 부러운 듯 소윤과 대준을 보고
대준은 소윤을 데리고 무대 한켠으로 가서, 주짓수 자세를 알려준다.

대준 자, 여기서는 이렇게 하는 거야. 여자가 남자한테 이길 수 있는 유일한 운동이 바로 이 주짓수란다. 알겠냐, 꼬.맹.아?

소윤 꼬맹이래, 으으 소름. 그리고 저 이제 내년이면 성인이거든요?

대준 알거든 (웃음) 귀.엽.긴 (모두에게) 야 오늘 오빠가 치킨에 콜라 쏜다! 콜?

아이들 콜!!!

여자들 도복 벗어서 마구잡이로 대준에게 던진다. 대준, 도복 맞으며 들고 퇴장.

소윤　생긴 것두 뭐 나쁘지 않고. 외제차 타고 학원 앞에 딱 데리러 오고 그러면 좀 멋있던데. 친구들도 부러워하구.

지수　진짜 철딱서니 없다.

소윤　뭐가요~ 지가 좋아서 그랬지, 내가 해달랬나?

정민　오빠가 너한테만 잘해주던?

소윤　유난히 잘해줬죠.

대준, 자동차 핸들 들고 테이블 한쪽에 앉는다.

소윤　아니 여기는 어떻게 알고 왔어요?

대준　너 바다 보고 싶다고 인스타에 올렸더라? 가자.

소윤　이 시간에?

대준　잠깐 다녀오면 되지~ 우리 삐유 속도 좀 난다?

소윤　삐유?

대준　내 차 애칭, 인사해 삐유한테.

소윤　아 뭐야~~ 근데 오빠.

대준　응?

소윤　애들이 오빠 여자친구 있다고 하던데 진짜에요?

대준　응!

소윤   아 뭐야~ 진짜네?

대준   우리 소윤이 실망했어?

소윤   그건 아니구요.

대준   내심 실망한 눈친데?

소윤   아니거든요. 아 뭐야~ 나 좋아하는 줄 알았는데… 애
       들도 막 좋아하는 거 아니냐고 물어보구.

대준   애들이?

소윤   이년들 개 똥촉이네. 치 뭐야~

대준   걔들 촉 좋네. 오빠 너 좋아하는 거 맞아.

소윤   네?

대준   그러니까 이렇게 니네 학원 앞까지 찾아와서 지금은
       또 너 모시고 바다도 가잖아.

소윤   여자친구 있다면서요.

대준   너무 오래 만났어. 곧 헤어지려구~

소윤   에이 그래도 아직 헤어진 건 아니잖아요.

대준   오빠는 우리 소윤이가 더 좋은데?

소윤   그래도 오빠, 전 여자친구 있는 남잔 안 만나요.

대준   오~~ 그래? 그건 좀 의외네.

소윤   저 의외로 순정파 거덩요?

대준   그럼 오빠가 어떡하면 좋을까?

소윤   걍 헤어져요. 그리고 나 만나요.

대준   근데… 시간이 좀 필요해.

소윤	곧 헤어진다면서요, 지금 당장 헤어져요.
대준	그게… 좀 힘들어. 아, 그런 게 있어. 오빠가 다 정리할 게. 걱정하지 마, 소윤이는.
소윤	갑자기 여자친구라고 찾아와서 제 머리 다 뜯어버리 면 어떡해요?
대준	(웃음) 그런 여잔 아니야.

대준, 갑자기 분위기를 잡더니 소윤에게 키스하려고 하는 순 간, 벌떡 일어나는 지수에 놀라서 퇴장.

6장

다시 카페.

지수	지랄을 하네 진짜.
소윤	근데, 여자친구가 둘인 줄은 몰랐다 정말. 그 오빠 생 각보다 더 쓰레기네요.
정민	전 사실 그동안 많이 정리 했어요.
지수	너무 하시네. 나한테도 빨리 좀 이야기 해주시지. 혼자 정리하고, 우리는요? 아니 저는요?
정민	지수 씨, 걔가 지수 씨한테도 잘 해줬죠?

지수 그걸 말이라고 해요? 진짜 다정했어요.

정민 다정…?

지수 어디 아프다고 하면 약 사서 우리 집 앞에 와 있고, 피곤해서 힘들다고 하면 태우러 오고, 제 사소한 이야기까지도 다 듣고 싶어 하고… 이런 남자 없다, 진짜 내 인생에 마지막 남자라고 생각했다고요.

대준 스마트한 모습으로 파일들 들고 등장.
여자들에게 나눠주며

대준 다들 아시겠지만, 이번 주까지는 어떻게든 업무 마감해야 합니다. 이 대리는 나랑 함께 이거 마무리하고, 김 대리는 오늘까지 내용 최종정리해서 제 메일로 좀 보내줘요. 자 미팅 끝! 아, 지수 씨는 잠깐 저 좀 보죠?

지수 네~

대준 (모두에게) 좋아요! 자자, 다들 화이팅!!

사람들 화이팅!

지수와 대준 무대 한켠으로 이동.
정장 안 주머니에서 비타50을 꺼내준다.

대준 (허공을 응시하며) 많이 힘들죠?

지수 아니에요 과장님. 할 만합니다.

대준 이번 계약만 잘 끝내면 좀 쉴 수 있을 거예요.

지수 아, 네.

대준 (대일밴드를 내밀며) 이거.

지수 네?

대준 물집 터지면 진~짜 아파요. 구두 때문이죠? 이거 꼭 붙이고 있어요.

지수 (감동 받으며) 감사합니다….

대준 지수 씨, 이번 계약 잘 마무리하면, 저 승진할지도 몰라요.

지수 어머 정말요??

대준 네! 지수 씨가 있어서 할 수 있었어요. 저 잘 따라와줘서 고마워요.

지수 당연히 그래야죠!!! 진짜 축하드려요!

대준 그럼 진짜 축하 해줄래요? 오늘 마치고 이자카야 어때요?

지수 네? 좋죠!! 팀원들한테도 이야기할까요?

대준 제가 얘기할게요!

지수 네 좋아요.

대준 제가 잘 아는 이자카야 있는데 거기로 가시죠? 전 외근이 있어서 바로 그쪽으로 갈게요~ 일 끝나고 거기서 봐요.

지수   네~

대준 파일들 들고 퇴장하고 지수는 자리에 앉는다.

정민   다정하네요….
지수   아직 얘기 안 끝났어요.

대준 다시 파일들 들고 등장, 파일들 메뉴판이 된다. 자리에
앉는다.

지수   다른 팀원들은요?
대준   (메뉴판 보며) 아 맞다, 다들 시간이 안 된다더라구요. (쳐
       다보며) 아쉽게도 우리 둘이 한잔 해야겠는데요?
지수   아… 네….
대준   왜요? 싫어요?
지수   그런 건 아니….
대준   지수 씨 술 잘해요?
지수   잘은 아니구, 조금 할 줄 알아요.
대준   집이 동대구역 근처죠?
지수   네 맞아요. 그걸 어떻게….
대준   저 과장이에요. 제가 그런 것도 모를까 봐요. 농담이
       구, 저번에 팀원들이랑 이야기하는 거 들었어요. 오

늘 편하게 마시고 택시 타고 같이 가시죠. 저도 그 근
처예요.

지수 어머 진짜요?

대준 그럼 진짜죠. 그리고 오늘 나 기분 되게 좋으니까, 지
수 씨 먹고 싶은 거 다 시켜요! 이 집 안주가 정말 맛
있어요~ 나 오래된 단골집. (잠시) 사장님이 안 보이시
네. 바쁘신가? 저는 잠시 화장실 좀.

지수 화장실 저쪽인데요?

대준 언제 리모델링했지?

대준, 퇴장.

지수 정민 씨는요?

정민 우린 취업 스터디에서 처음 만났어요. 대준이가 절 많
이 도와줬어요. 모르는 거 있으면 가르쳐주기도 하고
면접 준비도 따로 많이 도와주고. 사귀면서도 둘 다 진
짜 열심히 취업준비 했죠. (잠시) 맞아. 다정했었어요…
(사이) 1년쯤 만났을 때 둘 다 취업을 했는데, 운 좋게
도 제가 쾌속 진급을 했어요. 그래서 자연스럽게 많이
바빠졌구요. 데이트 하는 시간은 점점 짧아졌고, 만나
는 날도… 줄어들었죠… (사이) 회사에서는 어때요? 잘
하고 있나요?

지수	차장님은 일을 잘 하시니까요.
소윤	사장이요?
지수	차장!!
정민	차장 됐구나.
지수	모르셨어요?

대준 등장.

대준	여러분, 저 오늘부로 차장으로 승진했습니다.
사람들	와! 축하드려요~
지수	축하드려요. 과장님!
대준	차장이라니까요.
지수	아 그렇네, 축하드려요 차장님.
대준	생각보다 승진이 수월하게 진행된 것 같아요. 다 여러분들 덕분입니다.
지수	차장님이 워낙 잘 하시잖아요.
대준	제가요?
지수	네.
대준	(웃음) 그랬나요?
지수	네….
사람1	차장님 보면 늘 에너지도 넘치시구, 팀원들도 잘 챙기시고.

사람2	꼼꼼하게 체크하셔서 리스크도 없고!
지수	다른 팀 동기들이 우리 팀 많이 부러워해요. 차장님 팀이라고.
사람들	맞아, 맞아.
대준	고마워요.
지수	고맙긴요, 차장님이 다 잘하셔서 그런 건데….
대준	오늘 기분 너무 좋은데요? (사람들에게) 오늘 마치고 이자카야 어떠세요? 제가 쏩니다! 사장님!!! 사케 하나 꺼내먹습니다~

대준, 안주머니에서 사케병을 꺼내 컵에 따라주고 짠 하고 다들 마신다.
순간 취한 여자 둘은 엎드린다.

지수	(취해서) 제가 차장님 멋있다고 말씀 드렸나요?
대준	말한 거 같은데요?
지수	(당황) 아닌데, 안 했는데….
대준	(웃음) 네, 안 했어요.
지수	(웃으며) 멋있으세요.
대준	저 안 멋있어요.
지수	아니에요! 진짜 멋있으세요! 일할 때! 일 잘해….
대준	(웃음) 그거야 우리 팀원들이 잘 도와주고… 지수 씨도,

잘 도와주고. 그래서 그런 거죠.

지수   제가 도움이 됐나요?

대준   그럼요!

지수   차장님은 늘 친절하셨어요~ 그리고 다정하게 알려주
        시고… 그리고 대일밴드.

대준   네?

지수   저한테 대일밴드 주셨잖아요.

대준   아… 아! 네. 그랬죠.

지수   대일밴드 붙이니까 덜 아팠어요.

대준   아, 그랬어요?

지수   저는 아직 일한 지도 얼마 안 됐고… 요령도 없구요…
        구두 때문에 물집 생긴지도 몰랐는데, 아픈지도 몰랐
        어요. 늘 긴장하고 있으니까.

대준   그쵸. 초반엔 다 그래요. 그러다가 적응하고~ 적응하
        면 일도 잘~ 하고. (잠시) 그럼 바빠지고….

지수   차장님은 여자친구 있으세요?

대준   네?

지수   나는 없어요. 남자친구.

대준   아… 네.

지수   난 남자친구 없고, 차장님은 (쳐다보며) 없나? 없는 거
        같은데… 없는 걸로! (웃음) 저 어떠세요?

대준   네?

지수	별로다.
대준	별로라뇨.
지수	저는 차장님 안 별로… 좋아해요.

두 사람, 마주보다 쓰러지는 지수, 립스틱을 떨어뜨린다.

7장

떨어진 립스틱을 줍는 대준.
동시에 일어나는 소윤.

소윤	그건 또 뭔데에~
대준	알면서.
소윤	무슨 만날 때마다 선물을 사줘. 이 오빠 좀 부담스럽네.
대준	오빠 돈 많아~
소윤	그래 보여.
대준	오빠 나이 정도 되면 그 정도 사는 건 일도 아냐. 부담 가지지 말고 받어. 친구들한테 자랑도 좀 하고.
소윤	(셀카 찍으며) 그건 안 시켜도 알아서 하지.
대준	좋아?

소윤　그럼, 이거 발림성 완전 대박이거든, 오빠 한번 발라 볼래?

대준　무슨~ 맘에 들면 다음에 또 사줄게. 우리 후배들도 다 그거 쓰더라.

소윤　이게 제일 인기 많은 컬러야. 애들 대박 부러워할걸? 이거 립스틱 이름 진짜 웃긴다? '샤넬 남자 세 명도 홀려' 이게 이름이잖아, 대박 웃기지. (잠시) 오빠, 나도 대학 가지 말고 취업이나 할까?

대준　어디에?

소윤　오빠 다니는 회사에~ 나 공부 좀 해~~

대준　그래도 대학은 졸업해야 되지 않겠어?

소윤　고졸은 안 뽑나? 대기업은?

대준　어… 뭐, 아무래도 대학교는 졸업하면 좋으니까!

소윤　오빠가 나 낙하산 좀 펴주라. 오빠 되게 오래 다녔다면서.

대준　오래 다녔다고 낙하산 펴도 되는 줄 알어? 그리고 너 취업을 뭐 그렇게 쉽게 생각해?

소윤　에이~ 오빠 그 회사 대표랑 친하다며~

대준　아무리 친해도!!! 아닌 건 아닌 거야 소윤아.

소윤　아… 알았어… 아니 오늘따라 왜 이렇게 예민해 오빠.

대준　미안.

소윤　나두 이제 곧 대학 가야하는데 고민 좀 해본 거야~

대준　　그래. 오빠가 소리 질러서 미안해. 우선 대학 가면 그
　　　　때 오빠랑 다시 이야기 하자. 낙하산까지는 아니더라
　　　　도 면접 오면 오빠가 확실하게 밀어주긴 할게.

소윤　　아 됐어~ 몰라.

대준　　그리고 소윤아, 혹시 체육관 애들한테 나 만난다는 이
　　　　야기했어?

소윤　　아니? 왜?

대준　　아냐.

소윤　　말해?

대준　　뭐하러.

소윤　　어? 좀 서운하네.

대준　　뭐래~ 소윤이 배고프지? 오빠가 식당 예약해놨지~
　　　　사장님 두 명이요~~~

　　　　대준 퇴장.

지수　　대기업? 그리고 차장님이 대표님이랑 친분? 진짜 온
　　　　갖 허세를 다 부렸네.

소윤　　맞죠? 다 뻥이죠? 아 씨 속았네.

정민　　체육관 다닌 지는 얼마나 됐어?

소윤　　이제 1년 정도?

지수　　오빠는 오래 다니지 않았나?

정민 너무 일만 하는 거 같길래, 운동부족인 거 같아서 내가 먼저 체육관 다녀보라고 추천해 준 거예요.

소윤 오빠 체육관에서 완전 핵인싸예요.

지수 응?

소윤 우리 체육관은 애들이 진짜 많거든요. 오빠는 동안이고 몸도 좋고, 또 돈도 잘 쓰고 그러니까 핵인싸죠. 체육관 여자 애들뿐만 아니라 남자애들까지도 다 '형~ 형~' 거리면서 오빠 엄청 좋아해요.

정민 (웃음) 아~ 그래?

소윤 근데요, 그 오빠 부자 아니에요? 돈 엄청 잘 버는 것도 아니에요?

지수 차장 월급이… 부자라고 말 하고 다닐 정도는 아닌데?

소윤 아니… 만날 때마다 선물 사주고, 외제차 타고 다니구.

지수 영업하라고 준 회사차로 어린애 꼬시기 성공이네.

소윤 아 씨! 그거 오빠 차 아니에요? 부자도 아니고? 아 개 킹받네. 친구들한테 부자 오빠 만난다고 자랑 했는데….

지수 애, 지금 그게 중요하니?

소윤 그래도 전 만난 지 이제 한 달밖에 안됐으니까 뭐, 언니는 2년이나 됐죠? 그런 쓰레기를~?

지수 그래! 그런 쓰레기 2년이나 만났다!! 아오 생각할수록 열받네.

정민 두 분이랑 이야기 나눠보니까, 왜 걔가 두 분을 만났는지 알 것 같아요.

지수 뭐가요?

정민 모르겠어요?

소윤 모르겠는데요?

지수 그냥 여자에 미친놈 아니에요?

8장

대준 선물 들고 등장해 테이블 중앙에 올려두고 앉는다.

지수와 소윤 엄마아빠로 변신.

엄마 두 사람 만난 지는 얼마나 됐나?

대준 이제 3년… 다 되어갑니다.

아빠 자네는 무슨 일 하는가?

대준 그냥 조그마한 무역 회사 다니고 있습니다.

엄마 얼마나 조그맣길래?

대준 네?

정민 엄마.

대준 아… 그냥 중소기업… 입니다.

아빠 (못마땅한 듯) 둘이 취업준비 같이 했다 그러지 않았나?

자네, 그럼 모아둔 돈은 좀 있나?

대준   아시다시피 제가 취업한 지가 얼마 안 돼서… (엄마아빠 눈치보다가) 적은 금액이지만….

엄마   (한숨) 차는?

대준   아직….

아빠   그럼 결혼하면 집은 어떻게 할 생각인가?

대준   대출 받아서 천천히 갚아 갈 생각입니다.

엄마   저기… 이런 말 미안한데, 집이 좀 살아요?

대준   네?

정민   엄마!

엄마   아니 그렇잖아~ 아직 둘 다 젊은데, 갑자기 결혼하겠다고 찾아와서는 이야기 들어보니까 준비가 하나도 안 된 것 같은데 무슨 결혼이야. 그리고, 지금 다니고 있다는 그 회사는 좀 믿을 만한 회사인가?

정민   엄마!!

엄마   아니 왜 이렇게 자꾸 엄마를 불러~ 엄마가 궁금하니까 그렇지. 당신은 어떻게 생각해요?

대준   (급하게) 지금은 비록 제가, 가진 게 별로 없고, 아니 아무것도 없지만 정민이 사랑하는 마음 하나는 정말 큽니다. 정말 행복하게 해 줄 자신….

아빠   자신은 다 있네.

대준   예?

아빠 결혼이라는 건 자신만 가지고 하는 게 아닐세. 정민아, 너도 철 좀 들어라.

정민 아빠.

아빠 그만 가보게.

엄마 그리고, 뭐 이런 걸 사왔어. 나 알레르기 있는 거 몰라요? 가지고 가서 집에서 먹어요.

대준 선물 들고, 무대 한쪽으로 정민과 함께 간다.

대준 비타민 알레르기가 있으셨구나.

정민 미안해.

대준 아니야, 뭘….

정민 우리 엄마아빠 원래 저러시지 않는데… 정말이야. 자기가 맘에 안 들어서 그런 게 아니라….

대준 뭐 다 맞는 말이지. (웃음) 하긴, 나중에 내 딸이 결혼하겠다고 나 같은 놈 데리고 오면… 싫을 것 같아.

정민 자기야….

대준 내가 어딜 봐서 마음에 드시겠어. 너네 부모님 마음 모르는 거 아니야. 다 이해해… (잠시) 앞으로 나도 좀 바빠져야겠다~ 너랑 결혼하려면 돈 열심히 모아야 할 거 아냐, 그치?

정민 (울컥) 나도 잘난 거 하나 없는데… 아무튼 오늘 우리 엄마아빠가 했던 말은 다 잊어버려 자기야.

대준   그래 알았어.

정민   미안해.

대준, 씁쓸한 웃음을 지으며 등 돌리고 선다.

9장

다시 카페.

정민   난 안 그랬다고 생각했는데 아니었나봐요. 결혼, 그냥
할 수 있었어요. 자식 이기는 부모가 어딨다고… 제가
밀어붙이면 하는 거죠. 생각해보니까 내가요, 우리 부
모님이 반대 하시는 걸 굳이 이겨내려 하지 않았어요.
그래서 대준이 혼자 견디게 한 거예요. 내가 대준이 힘
들고 외롭게 만든 거예요, 내가… (잠시) 나한테도 다정
했어요. 나한테도 멋있었구요. 그 사람 못나고 작게 만
든 건 나예요… 사실 오늘 두 분 만나러 오는 거 저도
괜찮지 않았어요. 많이 속상했고, 많이 힘들었어요. 근
데 너무 궁금하더라구요. 어떤 여자들을 만나고 있었
던 건지… 그리고 그 여자들에게 대준이는 어떤 존재

였을지… 정말 많이 알았고, 많이 배웠어요.

지수 전 정민 씨에 비하면 그렇게 오래 만나진 않았지만, 그래도 제 인생에서 정말 중요한 사람이고, 중요한 남자에요. 근데 정민 씨에게도 소중한 사람인 거잖아요… 저 사실 여기 오기 전까지도 그 사람이랑 헤어진다는 건 생각도 안 했어요… 제가 많이 좋아하거든요 근데, 이젠 저도 어떻게 해야 할지 모르겠어요.

소윤 나 그 오빠랑 아무 사이도 아니에요. 오빠랑 아무것도 없었구요. 체육관도 다른 데 다니면 그만이에요. 아니 그냥 그만 두려고 생각했었어요. 대학 가야죠. 대학가서 연애할 거야.

정민 아니에요. 둘 다 저 때문에 그러실 필요없어요. 8년 동안 겨우 끌고 왔던 관계 같아요. 제가 너무 무심했던 거 같기도 하구요.

소윤 근데 대준오빠는 언니랑 왜 헤어지지 않은 거예요?

정민 글쎄, 정? … 아니면 의리?

지수 의리 있는 사람이었으면 바람피지는 않았어요.

소윤 그러니까. 근데 언니랑 헤어지는 게 힘들다고 했어요, 대준오빠가.

정민 그래?… 맞아. 힘들지 않았다는 건 거짓말이야. 근데 이젠 충분한 거 같아.

지수 뭐가 충분하다는 거예요?

정민 전 지금도 일에 치이며 살고 있어요… 이번 일로 심장이 뛰었던 게 정말 오랜만일 정도로 일만 알고 살아요. 그러다보니 대준이한테 무심해졌고, 관심도 줄어든 것 같아요. 그렇게 저, 그리고 제 일만 알고 살아오다보니 이런 일이 생긴 걸까요? 그놈 나쁜 놈이죠. 근데 그놈 탓 안 하고 싶어요. 이상하게… 대준이 탓을 하면 할수록… 내가 나쁜 여자가 되는 것 같거든요.

지수 어머! 나쁜 여자라뇨. 그건 아니죠!

소윤 그래요, 그건 진짜 아니다.

정민 그렇게 다정했던 애를… 외로움 많이 타는 거 알면서도… (잠시) 아니에요, 괜찮아. 이젠 정말 괜찮아요. 그리고 미안해요. 지수 씨. 지수 씨한테는 말하지 말걸 그랬나 봐.

지수 왜요, 아니에요. 저는… 감사해요. 하마터면 아무것도 모르고 결혼할 뻔했잖아요. 저한테 다정했던 그 모습이 다 진심은 아니었을 수도 있겠다 생각하니까… 그게 좀 힘들긴 한데… 그래도 지금이라도 알아서 얼마나 다행인지 몰라요.

정민 지수 씨한테 다정했던 거… 가짜는 아닐 거예요. 저한테 다정했던 거처럼 지수 씨를 사랑하고 아끼는 마음에서 나오는 다정함이겠죠.

지수 그래도….

정민 부탁 하나 해도 돼요?

지수 부탁이요?

정민 이런 말 해서 미안해요. 난… 지수 씨가 결혼했으면 좋 겠어요.

지수 네?

정민 걔한테 지수 씨는 정말 필요한 사람 같아요. 내가 이렇 게 말하는 거 어이없죠? 나도 알아요… 근데 지수 씨 가 걔를 좋아하는 마음, 존경하는 마음… 다 너무 이쁘 고… 진심 같아서요. 내가 줄 수 없는 걸 지수 씨는 많 이 가지고 있는 것 같아요. 대준이한테는 그게 필요하 거든요.

지수 아니, 그래도 바람피는 남자랑 어떻게 계속 만나라고 할 수 있어요?

정민 죄송해요. 제가 너무 대준이 입장만 생각했나요? (잠시) 제 탓 같아서요….

소윤 전 그냥 정리할래요. 카톡도 차단하고! 아~~ 그냥 다 차단각. 친구들한테 좀 쪽팔려도 그래야겠어요. 지수 언니를 위해서라도 그러겠습니다.

지수 아니 잠깐만….

정민 아, 아니에요. 못 들은 걸로 해요. 지수 씨 마음이죠. 지 수 씨 마음 가는대로 해요.

한참, 여자들 아무 말 없이 앉아 있는다.

지수   미안해요. 전 이만 일이 있어서 가볼게요~ 건강하게
       잘 지내구요.
소윤   아 저두요. (일어나며) 언니, 그 오빠 진짜 아닌 거 같아
       여. 갈게여!

지수, 소윤. 나간다.

정민   하 씨… 어쩌라고… 뭔데, 진짜!!!!

암전.

10장

테이블에 앉아 노트북으로 일하고 있는 정민.
대준이가 쟁반에 커피와 케이크를 가지고 들어온다.

대준   이거 좀 먹고 해.
정민   (보지도 않고) 응응 나 이거만 마무리하고~
대준   (정민을 빤히 쳐다본다) 그래~

정민	아 왜애~
대준	이뻐서.
정민	아 또 그런다. 오글거려 그만해~ 다른 애들은?
대준	다들 스트레스 받는다고 이자카야 갔어.
정민	아, 나도 거기 가고 싶다. 안주 진짜 맛있는데 사장님도 좋으시구.
대준	일단 이거 좀 먹어봐. (케이크를 입에 넣어준다) 너 당 떨어졌을까봐~
정민	오, 이거 뭐야? 진짜 맛있다.
대준	(입가를 정리해주며) 잘 챙겨먹으면서 하자~ 넌 먹을 때가 특히 이뻐.
정민	취업 준비는 안 하실 건가요? 대준 씨.
대준	난 다 해놨지.
정민	그럼 애들이랑 이자카야 가 있지.
대준	니가 아직 안 끝났잖아.
정민	(노트북을 덮으며) 에이, 그냥 우리도 가자.
대준	두 시간만 더 있다가 가~ 너 다음 달 면접이잖아. 거기 큰 회산데 아무래도 더 준비해야 할 것 같아서, 내가 면접질문들 좀 찾아왔어. 우리 이거 연습하고 가자.
정민	언제 이런 걸 준비했어, 너도 바쁜데
대준	우리가 빨리 취업해야 결혼도 하고 여행도 실컷 다니면서 살지. 정민이가 원하는 게 그거잖아.

정민 맞아. 우리 둘 다 취업하면 차근차근 돈 모아서 좋은 집도 사고, 여유롭게 살자.

대준 정민아 너 비열이라는 단어 알어?

정민 알지! 비열하다! 대준이 너~ 비열하다!! (웃음)

대준 그런 뜻도 있는데, 다른 뜻도 있어. '어떤 물질 1g의 온도를 1℃만큼 올리는 데 필요한 열량'이라는 뜻이래. 많은 생각을 하게 되더라? 근데, 한 마디로 정리하면~ 참 쉬운 게 하나도 없다~?

정민 오~ 좋은 거 하나 알아갑니다~

대준 우리도 지금, 열심히 비열해서 우리가 바라는 대로, 소망대로 꼭 살자.

정민 응!

대준 좋아, 그러려면 우리 지금 이거 열심히 해야지~?

정민 좋아! 그럼 첫 번째 질문을 해보시겠습니까?

대준 자신의 인생에서 가장 중요한 게 뭔가요?

정민 잠깐만요. 면접 질문 맞나요?

대준 아~ 그냥 빨리 대답해봐. 이런 질문 나올 수도 있어~

정민 알았어, 음… 건강? 전 제가 사랑하는 사람들이 건강하게… 아 내 인생에서 가장 중요한 거라고 했지. 다시 다시, 그럼… 행복? 아 이건 좀 너무 흔한데… 대준이 넌 뭐라고 할 건데?

대준 나?… 나는 인정!

정민 인정? 그게 뭐야?

대준 난 인정받고 싶어.

정민 누구한테?

대준 몰라?

정민 근데 인정이라는 건 결국 남이 해주는 거 아니야? 남
    이 판단하는?

대준 그렇지?

정민 난 남들이 날 어떻게 생각하는 건 별로 안 중요해. 내
    가 판단하고 내가 결정할 거야.

대준 일단 취업에 성공하면, 내가 일할 준비가 되어있다는
    인정 아닐까?

정민 아~ 그건 맞네? 얼른 취업하고 싶다….

대준 결국은 다 인정받으면서 사는 거라는 생각이 들어.

정민 맞는 말이야. 그리고 이 회사에서는 날 인정 안 해도
    내가 인정받는 곳이 있을 거야, 그치?

대준 그럼! 사람은 다 자기한테 맞는 옷을 입게 된다잖아.

정민 내 옷은 좀 좋은 옷이었음 좋겠다~

대준 내 옷은 정민이 옷이랑 잘 어울리는 옷이었으면 좋겠다.

둘은 말없이 쳐다보며.

암전.

안 괜찮지만 괜찮아

김성애
멘토 김현규

등장인물

영애   50세 여, 직장인, 미혼, 치매 어머니를 모신다. 당차
        고, 적극적이며 열정적이다.

지민   48세 여, 직장인, 기혼, 영애의 전 직장 동료. 착하
        고, 너그럽고 현실적이다.

엄마   87세 여, 치매를 앓은 지 5년째. 인지 및 망상 장애
        가 있다.

그 외 사장님(형석), 알바생(명석)

시간

현재, 과거(회상)

장소

Butler Bar, 집, 회사

무대

Bar가 있는 세련된 술집, 테이블이 별도로 마련되어 있다.

제1장. 안 괜찮은 현실

영애와 지민이 바가 있는 술집에 들어가는 중이다. 입구에는 'Butler Bar'라는 싸인물이 빛을 내고 있다. 비싼 스피커에서 나오는 음악과 세련된 조명이 있는 분위기 좋은 바이다. 바에는 자리가 넉넉하게 비어있다.

영애 와 여기 너무 좋다. 예전에 자주 가던 바랑 너무 분위기 비슷한데….

지민 괜찮다. 정말. 우리 바에 앉을까?

영애와 지민, 바 테이블로 향한다.
이때 바에 앉은 손님과 이야기하던 스타일 좋은 알바생이 영애와 지민 앞으로 걸어 나온다.

알바생 두 분이서 오셨습니까?

영애 예.

알바생 두 분이시면 바에 앉으시는 것보다 저쪽 테이블이 편하지 않으시겠습니까?

지민 바 자리가 불편하나요?

알바생 아무래도 좌석이 높다보니 불편하실 수도 있습니다.

그리고 음악소리가 커서 시끄러우실 겁니다.

지민　(영애를 쳐다보며 어쩔 수 없이) 예, 그러죠.

알바생은 구석에 있는 테이블 자리로 영애와 지민을 안내
한다.
둘은 자리에 앉고, 알바생은 메뉴판을 주고 자리를 뜬다.

영애　(언짢은 얼굴로) 우리 지금 튕긴 거지?

지민　(피식 웃으며) 아무래도 그런 것 같지?

영애　둘인데 바 자리보다 테이블이 더 편할 거라고?

지민　(바에 앉은 사람들을 살펴보며) 다 이쁘고 멋진 젊은이들이
구만.

영애　살짝 기분 나쁜데 이거. 바에 앉는다고 다시 말할까?

지민　됐어. 굳이 머 하려고. 뭐 마실래?

영애　(메뉴판을 차례로 훑으며) 나는 스미노프하이볼을 한 잔
해야겠어.

지민　나는 위스키를 한 잔 마시고 싶은데, 뭐가 뭔지를 잘
모르겠네. 물어봐야겠다.

영애, 알바생을 향해 손을 든다. 알바생이 주문을 받으러 자
리에 온다.

영애	스미노프하이볼 한 잔 주시고요, 위스키는 어떤 것이 좋을까요? (손으로 메뉴를 가리키며) 이건 어떤가요?

영애 스미노프하이볼 한 잔 주시고요, 위스키는 어떤 것이
       좋을까요? (손으로 메뉴를 가리키며) 이건 어떤가요?

알바생 그건 지금 없습니다.

영애 (다른 메뉴를 가리키며) 그럼 이건요?

알바생 그것도 없습니다.

영애 그럼 어떤 것을 주문할까요? 추천 좀 해주시죠.

알바생 다 비슷합니다. 아무것이나 괜찮아요.

영애, 메뉴를 보는 시간이 길어지자, 알바생은 먼 산을 바라
본다.

영애 (손으로 메뉴를 가리키며) 그럼 이걸로 주세요.

알바생, 고개만 까딱하고 메뉴판을 들고 사라진다.

영애 (가는 알바생을 눈으로 따라보며) 쟤, 지금 우리 귀찮아한
       거지?

지민 (음악에 몸을 들썩이며) 뭐 그럴까봐.

영애 기분 별론데.

주문한 하이볼과 스트레이트 잔에 담긴 위스키를 알바생이
가져와 테이블에 올려놓는다.

지민 (알바생을 보며) 저기요, 얼음 담긴 큰 잔을 좀 주시겠어요?

알바생 네?

지민 큰 잔에 얼음 좀 담아 달라구요.

알바생, 가만히 보더니 아무 말 없이 간다. 지민은 별 생각 없다.

영애는 그런 알바생의 행동이 눈에 거슬린다. 잠시 후 알바생이 큰 잔과 얼음을 가져온다.

영애 내가 오늘 예민한 건가? 왜 이리 뭔가가 거슬리지?

지민 (웃으며) 뭐 우리가 온 게 마음에 안 들겠지. 금요일 밤에 늙은 아줌마 둘이 온 게 뭐 그리 좋아 보이겠어? 분위기나 흐린다고 생각하겠지. 신경쓰지 마.

영애 우리가 분위기를 흐리는 존재라니, 왜? 우리는 아무 것도 한 것이 없는데. 우리가 돈이 없어 주문을 안 하나, 큰 소리로 다른 사람을 방해하길 하나, 우리 존재만으로 껄끄러운 건가? 왜 날씬하지 않아서? 스타일리쉬 하지 않아서? 갬성이 그 갬성이 아니라서? 같은 공간에 있는 것도 싫은 건가? 나 참.

지민 워~워~. 나는 머 익숙하다. (미소)

영애와 지민은 간간히 음악에 몸을 맡긴 채 한참동안 이런저런 이야기를 하고 있다. 술도 몇 잔 더 시키고 분위기도 달아올랐다.

음악소리 작아지며, 조명, 지민과 영애를 비춘다. 주변 암전.

지민 언니, 오랜만에 이런 데 오니까 옛날 생각난다. 그때는 세상 당당하고 걱정도 없었던 것 같은데. 그 열정과 자신감은 다 어디로 갔을까 싶네.

영애 그러게 말이다. 저 바에 사장도, 알바생도 딱 그때 형석사장이랑 명석이 같은데, 우릴 바에도 못 앉게 하네 (자조적 웃음). 난 그대로인 것 같은데 뭐가 변한 걸까?

지민 (영애를 바라보며) 그때 기억나? 형석이 아저씨가 전설의 야채 안주를 개발했을 때. 이게 될까 싶었는데, 대박쳤잖아. 언니랑 명석이랑 막 비웃었는데, 내가 좋다고 하시라고 막 그랬잖아. 아저씨 삐져서 명석이 짜른다고 막 그러고, 언니 말고 나한테만 밥 산다고 그러고. (웃음)

영애 그랬나? 그 야채 안주 기억난다, 다시 한번 먹어 보고 싶다. 그지?

암전.

제2장. 행복한 회상

갑자기 무대가 밝아지며 지민과 영애가 앉은 자리가 바가 된다.

앞에는 사장님과 알비생이 서 있다. 사장님 손에는 야채안주가 들려 있다. 옆에서 명석이는 술잔을 닦고 있다. 음악은 2000년대 후반 신나는 재즈곡이 흐른다.

사장, 손에 들려 있던 야채안주를 영애와 지민 앞으로 놓는다.

사장님 (약간 흥분하여) 자, 여러분! 신메뉴입니다. 적나라한 품평 부탁드립니다.

영애 와우~ (당황하며) 근데 풀… 이잖아요? 배추에, 브로콜리에, 샐러리에, 오이에, 이건 청경채라는 건가? 당근이랑 삶은 감자도 있네. 헐 쌈밥집인줄.

지민 (깔깔 웃으며) 사장님, 설명을 해주셔야지요. 컨셉을.

사장님 내가 지난 주 내내 고민해서 개발한 건데, 요즘 웰빙이 뜨잖아. 비건문화도 소개되고 있고, 웰빙과 비건을 접목한 트렌디한 안주라고 할 수 있지. 채식 안주.

영애 (말에 끼어들며) 에이, 그래도 너무 풀밭인데요. (놀라며) 세상에 이건 쌈장이에요? 대박.

사장님 그래 쌈장, 마요네즈에는 샐러리 찍어먹고, 그 옆에 쌈장에는 배추랑 고추 찍어먹고, 고추장도 넣을까 살짝 고민 중이야.

지민 사장님~, 아이디어 정말 짱이다. 생각도 못했어요. 술 마시면서 느끼는 칼로리에 대한 죄의식을 이런 풀떼기로 씻어줄 수 있을 것 같아요. 왠지 건강해지는 느낌.

사장님 바로 그거야. 내가 노린 게. 과일 안주는 식상하고 젊은 애들은 잘 먹지도 않고, 야채는 안 팔리면 다른 안주에도 넣을 수 있고. 지민아, 니가 내 마음을 딱 알아주는구나.

지민 당연하지요. 제가 아니면 사장님 마음을 누가 알아줘요.

영애 야, 솔직하게 말해. 잘못하면 사장님 망할 수도 있어. 이건 냉철하게 이야기해야 한다고.

지민 아니야, 내 생각에는 대박날 것 같아. 일단 쌈빡하고, 짭조름한 쌈장도 다시 술을 부르고, 건강한 느낌이고 나쁜 거 하나 없는데.

사장님 그렇지, 옳지.

알바생 (영애 귀에 얼굴을 가까이 하며) 누나, 그냥 좋다고 해줘요. 사장님 몇날 며칠을 고민하셨다고요. 안 팔리면 또 다른 거 만들면 되지요.

사장님 야, 명석아, 너도 좋다고 해놓고, 이러기야?

알바생 들으셨어요? 아니에요, 괜찮아요. 근데… 이럴 때는 귀가 밝으시네요.

알바생 멋쩍게 웃고, 영애와 지민은 깔깔대며 웃는다.

알바생 누나, 지난주에 저 공연 보고 왔어요. 언니네 이발관. 석원이형 정말 대박이에요.

영애 5집 기념 콘서드 말이야? 나도 갔지. 정말 감동 먹었잖아. CD를 몇 번을 들었는지 몰라. 그 앨범은 처음부터 끝까지 들어야 되는 거 알지?

알바생 그럼요. 앨범을 관통하는 메시지가 있지요.

사장님 영애야, 안 그래도 어제 공연했던 재즈 콰르텟에 드러머가 너 안 왔냐고 묻더라.

영애 그래요? 진호 씨인가? 안 그래도 여기 공연하지 싶다 그랬는데.

사장님 어제 처음 우리 가게에서 공연했는데, 개네들 실력이 엄청나더라고. 담달에도 또 하기로 했다. 근데 너는 우째 그런 애들까지 다 아냐?

지민 언니의 관심사는 끝이 없지요. 특히 본인이 꽂힌 데는 끝도 없이 판다는 (웃음).

사장님 하여튼 둘이 참 신기해. 맨날 술 퍼먹고 놀기만 하는 것 같은데, 우째 회사는 안 짤리고, 가방끈은 그래 길러 놓냐?

알바생 이 누나들, 정말 재수 없는 캐릭터들이에요.

영애 (알바생을 향해 웃으며) 시끄럽고. 사장님 오늘 가게 몇 시

마칠 거예요? 마치고 한잔하러 가요.

사장님 내일 출근 안 해?

영애 출근해야죠. 누가 밤샌데요? 손님 다 보내놓고 조용히 한잔 더 하자는 거지요. 제가 살게요. 이 가게는 다 좋은데 나이 든 손님들이 너무 늦게까지 남아있는 단점이 있어요. 그냥 좀 시간 되면 가시지. (웃음)

알바생 사실 안 어울리는 사람이 바에 앉아 있으면 서빙할 맛도 안 나요. 소줏집에나 가시지 술 종류도 모르면서 왜 굳이 바에 앉으려고 하시는지.

지민 야, 너무 그러지 마라. 우리도 곧 늙는다. 사장님도 있고. (웃음)

알바생 정말 어떨 때는 너무 짜증날 때 있어요. 마신 거 중에 일부는 이 카드로 해달라, 일부는 다른 사람이 낸다 했다. 머 이러면서 횡설수설하는 거지요. 그럴 때는 딱 말도 섞기 싫어서 내 맘대로 결제하고 보낼 때도 있어요. 그렇게 보내도 몰라.

영애, 알바생한테 뭔가 말하려 하는데, 휴대폰 벨이 울린다. 전화를 받는다. 갑자기 영애와 지민만 남고 암전. 제1장에서 듣던 음악 이어진다. 주변 인물 사라지고, 다시 현재의 'Butler Bar'.

영애   (휴대폰을 받으며) 여보세요? 예? 아. 실장님. 이 시간에 어쩐 일이세요? 아, 예. 예, 알겠습니다. 내일 중으로 처리해 놓겠습니다. (전화기 건너편에서 실장님의 짜증 섞인 음성이 들린다) 예. 죄송합니다… 알겠습니다. 제가 한 번 더 살필게요. 이렇게 신경쓰게 해드려서 죄송해요. 예… 들어가세요.

지민   왜? 뭔 일 있어?

영애   박 실장, 또 지랄이다. 이 시간에.

지민   뭔데? 무슨 일인데 지금 시간에 전화하고 난리고. 정말. 여전히 예의가 없네.

영애   아이고, 정말 확 때리치우고 싶다만….

지민   참아라. 언니, 내 나와 보니까 거기가 얼마나 편했는지 알겠더라. 나오면 완전 더해. 그만한 회사도 없다.

영애   그래도. 참 쉽지 않다. 지금 완전 하우스푸어의 정석길을 걷고 있지. 앞으로 얼마나 더 참아야 사표를 확 날릴 수 있을까.

지민   그러게. 나 그만 둘 즈음이 생각나네.

암전.

제3장. 우울한 회상

무대가 밝아지면 영애와 지민이 나란히 앉은 책상이 있는 사무실 모습이다. 엎드려 있는 영애, 지민은 컴퓨터를 멍하게 바라보고 있다.

지민, 바퀴 달린 의자를 밀어 엎드려 있는 영애 자리로 간다.

지민   언니, 괜찮아? 어제 많이 마셨어?

영애   (엎드린 상태로) 조금.

지민   언니, 나 있잖아. 여기 그만둘까봐.

영애   (몸을 일으키며) 뭐라고?

지민   그만둘까 한다고. 대학에 자리가 하나 났는데, 원서를 내볼까 싶어.

영애, 지민을 바라본다.

지민   이 사람 저 사람 눈치 보는 것도 싫고, 내가 예전에 누구랑 친했었다고 이유 없이 괴롭힘 당하는 것도 싫고, 나보다 늦게 들어온 후배들이 하나둘 자리 잡아가는 것도 보고 있음 불안하고.

영애   (눈을 겨우 뜨며) 진지한 거야?

지민   응. (한숨을 쉬며, 창밖으로 시선을 돌리며) 지금 아니면 옮기고 싶어도 못 옮길 것 같고. 이제 나이도 있어서.

영애 (목을 위로 꺾어 의자에 기대며) 니가 올해 몇 살이지?

지민 마흔둘이지 이제.

영애 (눈을 감은채로) 음… 괜찮은 생각인 것 같아. 지금이 딱 이직하기 좋을 타이밍이긴 하다. 원서 내면 가능성은 있어?

지민 글쎄. 한번 해보는 거지.

영애 (눈을 뜨고 제대로 앉으며) 용기는 일단 칭찬해. 근데, 너 나가면 내가 너무 힘들겠는데? 난 딱히 갈 데도 없고.

지민 언니는 나보단 낫잖아. 실력도 인정받고 있고.

영애 인정은 무슨. 나도 뭐 눈치가 없는 줄 아냐?

지민 잘 하고 있잖아. 선배들도 언니 좋아하고.

영애 신입들이 그런다더라. 우리 같은 아줌마 팀장들, 이제 좀 쉬셔야 되는 거 아니냐고. 우리 나가면 젊고 똑똑한 애들 두 명은 더 쓸 수 있을 텐데, 일하는 거에 비해 월급이 과하다 그런다네.

지민 (살짝 흥분하며) 누가 그딴 소리를 해?

영애 나도 귀가 있는데 뭘.

지민 우리가 얼마나 열심히 일하고 버텨서 이 자리에 왔는데, 지네들이 뭘 안다고 난리야. 나이는 뭐 공짜로 먹는 건 줄 아나.

영애 (살짝 웃으며) 그러는 너는 왜 나가려는데?

지민 (같이 웃으며) 젠장, 나이가 먹는 건 정말 안 괜찮은 일인 것 같아. 과정의 노력은 없어지고, 껍질만 결과로 남는 거 같아. 쭈글쭈글한 껍질.

영애 (고개를 끄덕이며) 정말 이렇게 사는 게 괜찮은 건지, 안 괜찮은 건지 잘 모르겠어. 나이가 들수록 신경쓰고 눈치 볼 것들만 많아지고.

영애, 머리가 아파 이마를 찡그리고 관자놀이를 누른다.

지민 머리 아파? 좀 더 엎드려 있어. 내 두통약 사다줄게.

영애 (고개를 끄덕인다)

지민 (일어서서 나가려다) 참 언니, 오늘 회의 11시다. 오늘은 웬만하면 들어가야 되지 싶어. 박 실장, 기분 별로 안 좋더라고. 회의 준비는 했지?

영애 알고 있어. 이번에도 깨지면 나도 너랑 같이 짐 싸야 될지도 몰라. 나도 확 때려치우고 싶다. 진심으로.

영애, 다시 책상에 엎드리며.

암전.

제4장. 분노

무대가 밝아지면 영애가 테이블에 엎드려 있다. 지민은 턱을 괴고 있다. 둘 다 은근히 취한 분위기에 각자 음악을 들으며 각자의 포즈로 멍하게 있다.

갑자기 자리에 오는 알바생, 지민에게 말을 건넨다.

알바생   영업시간이 끝났습니다.

지민   아… 그래요? 아직 12시밖에 안 되었는데, 일찍 마치네요. 여기는.

알바생   예.

영애는 몸을 일으켜 앉고, 지민은 일어선다.

지민   나 화장실 좀 다녀올게.

영애   어.

그동안 알바생은 영애와 지민의 테이블 옆에서 행주를 들고 계속 서 있다. 자리를 뜨면 바로 치우려는 모양이다. 지민이 화장실 간 동안에 영애는 계산을 한다.

영애　계산 좀 해주세요.

옆에 서 있던 알바생이 행주를 테이블에 놓고 계산대로 향한다.

알바생　135,000원입니다.

영애　죄송한데, 카드 두 개로 좀 나눠서 결제 부탁드려요. (멋쩍게 웃으며) 카드 실적 때문에요. 하나는 십 만원 해주시고, 나머지 하나로 잔액 결제해 주세요.

알바생　예?

영애　이 카드로는 십만 원, 이 카드로 삼만오천 원 긁으시면 되요.

알바생 인상을 찌푸린다. 그 사이 화장실 갔던 지민이 나온다.

지민　왜 언니가 계산해?

영애　괜찮아. 내가 하면 돼. (알바생을 보며) 영수증은 됐습니다. 수고하세요.

지민　아이참, 내가 내야 하는데.

영애와 지민은 밖으로 나와 휴대폰으로 택시를 부른다. 배차가 늦다는 안내가 온다.

지민　택시가 없네. 좀 기다려야겠다.

영애　그러게.

기다리던 동안, 휴대폰을 보던 영애는 카드사용 문자를 보고 이상한 점을 발견한다. 두 개로 나눠서 결제해 달라고 했건만, 하나의 카드로 전체 금액이 다 계산되어 있다.

영애　어? 이거 머지? 내가 분명히 나눠서 결제해 달랬는데. 이거 일부러 그런 거 아니야? 내가 두 번이나 설명하고 웃으며 부탁했는데.

지민　뭐, 일부러 그랬을라고.

영애　아니야, 이 새끼, 나를 무시한 것 같아. 우리 들어갈 때부터 나올 때까지 하는 짓이 영 마음에 안 들더라니.

지민　(영애를 말리며) 그래도 그냥 참아. 지금 다시 가서 뭐라고 할 건데.

영애　(살짝 흥분하며) 야, 한번 봐봐. 우리가 여기서 기다린 게 몇 분인데, 왜 바 안에 다른 사람들은 안 나와? 영업시간 끝났다더니, 우리한테만 끝난 거 같지 않아?

지민　그렇긴 하지만.

영애　(단호하게) 이건, 분명 우리를 무시한 처사라고. 한소리 해야겠어.

그때 택시가 도착하는 소리.

지민 언니, 택시 왔어. (영애를 잡으며) 그냥 가자. 제발. 젊은 애들 천지인 저 바에 다시 들어가서 왜 카드 나눠서 결제 안 해주냐고 따질 거야? 괜히 더 민망해지지 말고 쿨하게 가자. 그게 현명한 짓이야.

영애, 지민 손에 이끌려 택시를 탄다.

암전.

제5장. 위로

찜찜한 마음으로 집에 도착한 영애. 안방에 불이 켜져 있다. 엄마가 앉아 뭔가를 열심히 보고 있다. 가족 앨범이다.

영애 (엄마를 보며) 엄마, 나 왔어. 밥은 먹었어?

엄마, 아무런 반응 없이 앨범을 열심히 본다.

영애 (엄마 옆에 앉으며) 엄마, 뭐 보는데?

엄마, 앨범에서 눈을 떼지 않는다. 한참 뒤에 누군가 옆에 있다는 것을 인지한다.

엄마 (영애를 보며) 아줌마, 이쁘지요? 우리 딸입니데이.

영애, 엄마를 물끄러미 바라본다.

엄마 (사진을 가리키며) 요거는 고등학교 졸업사진이고, 요거는 대학교 졸업사진, 요거는 박사 졸업사진이라요. 내 아무것도 해준 게 없는데도 지가 다 벌어서 박사까지 했지. 아줌마, 함 봐봐요. 똑똑하게 생겼지요?

영애 (체념한 듯) 막내딸인가 봅니다. 이름이 뭐에요?

엄마 영애, 안영애. 속 한번 썩인 적 없고, 지 알아서 다 잘 크고, 없는 집에서도 그래 총명하고 당당했지요.

영애 지금은 머하고 사는가요?

엄마 (앨범 속 사진을 어루만지며) 인자 좋은 사람 만나가 시집 갈 일만 남았지요.

영애, 사진을 보며 해맑게 웃는 엄마를 한참 바라본다.

영애 딸래미는 지금 잘살고 있다 하는가요?

엄마 그럼요. 잘살고 말고 지요.

영애   뭐 하는데 그렇게 잘 산답니까?

엄마   착하고 부지런해가 뭐든지 다 잘 하지요. 잘살고 있습
니다.

영애, 딸 속도 모르고 다 잘하고, 잘살고 있다는 엄마의 말에
뭐라 표현할 수 없는 감정이 올라와 가슴이 먹먹하다.

영애   (살짝 떨리는 목소리로) 영애한테 잘살고 있는지 한번 물
어보셨어요?

엄마, 앨범 사진을 넘겨보며 대답 없이 계속 웃고 있다. 영애
는 엄마가 웃을수록 괜히 짜증이 난다.

영애   (조금 큰 목소리로) 진짜 잘살고 있는지 직접 물어보셨어
요? 행복하다고 지가 지 입으로 이야기하던가요?

엄마, 앨범 사진을 넘겨보며 대답 없이 계속 웃고 있다. 엄마
의 속없는 반응에 영애는 괜한 서러움이 북받친다.

영애   (눈물을 글썽이며) 영애가 지금 몇 살인 줄 알아요? 영애는
나이도 안 든답니까? 그 잘난 딸래미 시집도 못 갔어요.
뭐가 그리 당당하고 이쁩니까? 하나도 잘 안 살아요.

사이.

영애   (흐느끼며) 회사에서는 무시당하고, 어린 것들한테 치이고, 억울한 일 당해도 말도 잘 못해요. 그런 애가 뭐가 똑똑하고 잘났단 말입니까? 엉망이에요. 엉망.

엄마, 여전히 앨범 사진을 넘겨보며 반응 없이 미소만 짓고 있다.

영애   (혼자말로) 나도 내가 이렇게 별 볼 일 없이 살 줄은 몰랐어. 하고 싶은 것도 많고, 알고 싶은 것도 많았는데, 지금은 나를 그냥 나이 든 아줌마인 줄만 알아. 맑고 이쁘던 어렸을 때가 자꾸 그립고, 옛날 같지 않는 상황에 화가 나고. (엄마를 바라보며) 한때 나도 내가 잘난 줄 알았는데, 나이 드니까 다 소용이 없는 거 같아. 나는 변한 게 없는데 나이가 들었다는 이유만으로 반짝이던 내 모든 것들이 사라지는 기분이 자꾸 들어서 요새는 참 사는 게 별로야. 참 안 괜찮아.

영애, 혼자 넋두리하다 괜한 서러움에 훌쩍이며 눈물을 훔친다.
엄마, 그런 영애를 가만히 바라본다. 한참을 보다가 영애 곁

194

으로 다가간다.

엄마　아이고 우리 영애 아니가. (꼭 안고 등을 쓰다듬으며) 와 우노? 우리 딸, 괜찮다. 다 괜찮다.

영애　(엄마 품에 안기며) 엄마. 내 안 괜찮다. 나이가 들었을 뿐인데 뭐가 더 힘들지? 그냥 나이가 드는 게 아닌 거 같아. 열심히 살아온 것 같은데 인정하는 사람들은 자꾸 줄어들고, 결혼은 안 했는데, 어느 순간 못한 게 되어 있고. 엄마가 나한테 이럴 때 어떻게 하라고 이야기를 해줘야 안 돼? 엄마, 엄마가 여기 있는데 나는 엄마가 너무 보고 싶어.

엄마　(영애 눈에 고인 눈물을 닦으며) 아이고 우리 영애 아니가. 와 우노? 아이고 아줌마요. 우리 영애가 울어요. 영애가 울어. 괜찮다. 다 괜찮다.

영애　(엄마를 꼭 안으며) 나 안 괜찮다니까. 나 잘 살고 있는 거 맞아, 엄마? 진짜 맞아? 지금처럼 이대로 살아가면 되는 거 맞아?

영애, 한동안 엄마 품에서 울먹이다가 감정을 추스린다.

엄마　(영애 머리카락을 만지며) 아이고 우리 영애, 괜찮다. 울지 마라. 누가 뭐라 하더노? 괜찮데이. 다 괜찮아. 잘 살고 있다. 있어.

영애   (몸을 일으키며) 엄마, 약 먹자. 아직 약 안 먹었지?

엄마를 재운 영애, 엄마 방을 나온다.

암전.

제6장. 회복

조명이 커지면 회사 사무실 책상에 앉아 일하는 영애가 보인다.
심각한 표정으로 집중해서 컴퓨터 작업을 하는 중이다. 전화가 울린다.

영애   (전화를 받으며) 예. 기획경영실 안영애입니다… 예. 실장님, 지금 작업 중에 있습니다. 목적과 현황 정리하고, 문제점 제시한 후에 개선 방향 작성할 예정입니다… 예, 그 부분도 빠지지 않도록 하겠습니다. 예, 한 시간 즈음 후에 초안 완료해서 담당자 최 선생이랑 같이 보고드리겠습니다.

다시, 업무에 집중한다. 또 전화가 울린다.

영애 (전화를 받으며) 예. 기획경영실 안영애입니다… 어, 최 선생. 걱정돼서 전화했구나. 지금 하고 있어. 괜찮아. 내가 하면 돼. 최 선생이 작성하기에는 아직 좀 어려울 수 있지. 이런 일은 짬밥이 좀 있는 사람이 하는 게 맞아. (웃음) 내가 한다고 괜히 부담스러워 할 필요 없어. 초안 잡아서 같이 논의하자고. 실장님께 보고할 때는 같이 들어가자고. 마무리는 최 선생이 좀 하면 되지. 어, 오케이. 있다가 다시 연락할게.

다시 업무에 집중한다. 음향으로 카톡 메시지 소리가 나온다. 영애, 휴대폰 확인한다. 지민 목소리만으로 등장한다.

지민 (소리로만) 언니, 우리 다음 주에 공연 보러 갈까? 지역 인디밴드 공연인데, 티켓 나한테 있어. 지역 애들 후원 도 할 겸 많이 샀지. 마치고 그 'Butler Bar' 또 가자. 이번에 가서도 그 알바생, 그 따위면 이번에는 제대로 한판 붙자고. (웃음)

영애, 미소짓는다. 음향으로 카톡 메시지 소리가 또 나온다.

지민 (소리로만) 그리고, 나, 연말에 최우수 강사로 뽑혔어. 학생들이 뽑아주는 거라 큰 효력은 없지만, 그래도 기분 엄청 좋아. 애들이 나를 좋아한다는 거잖아. 자랑할라고 톡 보냄. 시간될 때 회신 줘.

영애, 휴대폰을 보며 한참을 흐뭇한 미소를 지으며 답한다. 답은 영애의 목소리로 나온다.

영애 (소리로만) 축하해. 잘 살고 있구나. 나도 따라 열심히 해야겠는 걸. 그래 시간은 내 뜻이랑 무관하게 흐르니, 나이 드는 걸 막을 수도 없고, 그냥 하루하루 살다보면 다 잘 되겠지? 어릴 때 반짝이던 내가 어딘가엔 아직 남아있을 테니까 늙어감에 너무 예민하게 굴지 말아야겠어. 생각해보면 또 다 안 괜찮은 건 아니니. 곧 한 잔 하자.
(혼잣말로) 그럼 또 열심히 마무리 해볼까.

영애, 다시 작업에 몰두한다. 영애 얼굴, 훨씬 평온하다. 언니네 이발관 음악 낮게 깔리며.

암전.

커튼콜

———————————————

김영선
멘토 김현규

———————————————

등장인물

금란　53세 여, 생활력이 강하고 활발하다. 영업을 잘해
　　　서 판매여왕이 되는 것이 꿈이다.
영자　38세 여, 강인하고 의리가 있다. 주점을 그만두고
　　　음식점을 차리는 것이 꿈이다.
채선　53세 여, 괴팍하고 교활하며 이기적이다. 돈을 많
　　　이 벌어 자산을 늘리고 싶어 한다.
현태　47세 남, 외고집이 있고 내성적이며 동정심 많다.

시간

현재

장소

단란주점, 뒷방

무대

단란주점 내부에는 스탠드바와 테이블이 두 개 있다. 그리
고 주점 내부와 연결된 뒷방이 있다.

1장

뒷방 형광등 불빛 아래 영자는 방석에 기대어 담배를 물고
지친 모습으로 허공을 보고 있다.
금란은 장부를 보다가 영자의 눈치를 살핀다.

영자   (금란을 보며) 언니야! 잔금 얼마 주면 되노?

금란, 장부를 펼쳐 본다.

금란   18만 3000원, 얼마 안 남았네. (멋쩍게 웃는다)

영자   (짜증을 내며) 십팔. (한숨을 내쉬며) 욕 나올 만큼 남았네.

금란   (단말기를 보여 주며) 카드 긁자.

영자   카드 정지다.

금란   (불안한 표정을 지으며) 언제… 되는데?

영자   영업시간 다 됐네. 언니 밥하러 가라! 내가 사장한테
          카드 막아달라 카고 언니한테 연락할게.

금란   (불안한 표정을 지으며) 언제쯤 대략….

영자   아이씨… 기다리라. 돈 떼먹을까봐… 난 의리는 있다.

          사람 이상하게 보고 그라지 말거래이.

금란   (눈을 동그랗게 뜨고) 누가 떼먹을까봐 그카나. 나도 지금

필요한 데가 있어서 그렇지. 답답한 마음에 그런 거니 기분 나빠 말래이.

영자 나도 폼나게 살고 싶었는데, 인생이 요 꼬라지로 풀릴지. 에휴… 그냥 꽉!!

금란 (눈치 보며) 현금 있으면 오만 원이라도… 장봐서 가야 한대이. 아들 휴가 나왔거든.

영자 (귀찮다는 듯이) 현금… 개뿔… 오늘 팁 받아내서 다음에 줄게.

금란 (측은해 하며) 발 마사지 해줄게. 기분 풀어라. 몸이라도 건강해야지.

영자는 방석을 반 접어 베개로 베고 반듯이 눕는다. 바지를 올리니 종아리가 하얗게 드러난다.

금란 언제봐도 살결도 뽀얗고 니는 발이 참 예쁘다.

영자 발… 예쁘면 뭐하노. 얼굴이 예뻐야제.

금란 니 발은 예뻐서 발마사지 힘들어도 자꾸 해주고 싶다 아이가.

영자 너무 힘들게 하지 마라. 손가락 관절염 걸릴라.

금란 나이 들어가니 슬슬 손가락 마디마디가 아프다 아이가.

금란, 땀을 닦는다.

영자	(넌지시 금란을 쳐다보며) 언니야~~
금란	와아~~~
영자	사실… (멋쩍게) 비상금 5만 원 있다. 언니 사는 모습 보니 내 맘이 약해지네. (방석 지퍼를 열며 5만 원 꺼낸다) 자~~ 받아라 맘 변하기 전에.
금란	(넌지시 영자 얼굴 보며) 괜찮겠나… 니도 필요할 건데.
영자	맘 변하기 전에 후딱 받아래이.
금란	(돈을 받으며) 고맙데이.
영자	언니도 고생 많다, 더러운 발 만지고 돈 번다고.
금란	열씸히 살아야 돈도 벌리는 기라.
영자	열씸히 살아도 내 처지가 한심스럽다.
금란	사람은 끝까지 가봐야 안다, 힘내라.
영자	요즘은 돈이 힘이다.
금란	돈의 힘, 대단하지. 살리고 죽이고.
영자	맞다, 뭐니 뭐니 해도 돈이다.
금란	근데 돈이 쉽게 안 찾아오네.
영자	돈도 눈이 있나 봐, 도무지 쌍!! 나를 무시하네.
금란	그러게, 돈아 돈아 돈아 (흥얼거리며) 이뻐해줄게. 내한테 온나.
영자	돈아!! 내한테 온나, 언니한테는 내가 돈이다.
금란	니가 내 고객이니 맞다, 돈 많이 벌어서 내한테 돈 주고 화장품 많이 사라.

영자 그래 언니 말대로 돈 많이 벌게.

금란 영자의 전성시대 짜잔~!! 커튼콜!!

영자 언니 늦는 거 아니가?

금란 (시계 보며) 옴마야!! 시간이 벌써 (짐을 챙기며) 난 밥하러 갈게. 오늘 돈 많이 벌고 또 연락해.

영자 아이고 나도 얼른 꽃단장 해야지.

암전.

2장

저녁 8시 어두운 홀 안에 7080 노래가 흘러나오고 영자는 곱게 단장하고 손님을 기다린다. 그때 현태가 혼자서 약간 휘청거리며 홀 안으로 들어온다.

영자 우리 단골, vip! 오셨어용. 아니, 오늘 왜 이리 늦었노? 아이고, 어디서 1차 했네, 섭섭하게.

현태 미안하다. 다음엔 바로 올게.

영자 그럼 그래야지. 술 뭐로 시킬 거야?

현태 술… 양주도 좋고, 맥주, 소주 마음 내키는 대로 가져와. 오늘 취하고 싶어.

영자	오케바리!! 사장님~~ 호홍 술이랑 안주요~ 그나저나 현태 씬 어디서 1차 했노?
현태	거래처 갔다가 그레 됐다. 오늘 맘껏 먹자.
영자	오늘 실컷 마시고 취해 볼까, 괜찮겠나!
현태	까이껏 달려보자, 기왕 마신 거.
영자	현태 씨 얼굴빛이 안 좋은데? 객기 부리면 안 된데이.

채선이 술과 안주를 가지고 와서 테이블 위에 둔다.

영자	(술을 따르며) 원샷이다, 현태 씨.
현태	(술을 마시고) 부라보! 술맛 좋다.
영자	오늘 술이 와 이리 다노.
현태	많이 먹어라, 팍팍 쏠게.
영자	팁도 많이 주면 더 좋고.
현태	니가 하기 나름이지
영자	(콧소리로) 우리 현태 씨 최고!! 여기 오는 손님 중 제일 신사.
현태	돈이 좋긴 하네. 매상 올려주니 붕 뛰우네. (술을 마시고) 나 오늘 기분이 울컥… 화장실… 우…웁!!
영자	토하려고 카나? 등 두드리 줄까?

현태, 화장실로 뛰어간다.

영자, 테이블 위에 놓인 현태의 지갑을 슬며시 열어본다. 돈과 쪽지 메모를 꺼낸다.

영자 (메모를 읽으며) 우린 너무 사랑하고, 서로 미안하다는 말은 하지 말고 언제까지 함께 예쁘게 살아요. 현태의 애인 선이가.

영자, 주머니에 돈과 쪽지 메모를 넣는다.

(술을 마시며 혼잣말로) 그래 나도 그런 시절이 있었지. 다 끝나 버렸는데… 화장실 가봐야 되나?? 알아서 오겠지.

현태, 자리로 돌아온다.

현태 (자리에 앉으며) 요즘 체력이 하루하루가 다르다.

영자 세월 앞에 장사 없다. 우짜겠노. 더 마실 수 있겠나? 무리하지 마래이.

현태 어차피 죽을 인생 입에 넘어갈 때 마셔야지. 못 먹을 때 되면 먹고 싶어도 못 먹는다. 그런 의미에서 건배!!

현태, 영자 술잔을 부딪친다.

현태 (흐느끼며) 으_으_으_으_으_ *끄*이*끄*이 나는 우짜라고… 가노!

영자 운다고 돌아오나, 이젠 잊을 때도 됐구만… 쯧쯧! 이제 그만 커튼 걷고 밖을 봐야 된다 아이가.

현태 니가 뭘 알겠노.

영자 그래, 내가 알 수 없제, 겪어보지 않고서는. 현태 씨, 나도 아픔이 있다.

영자가 볼을 가린 머리카락을 귀 뒤로 넘긴다.

현태 (깜짝 놀라며) 아니… 그… 흉터는?

영자 스무 살에 가출해가 신발공장 다니다 첫 사랑이라고 만났는데, 사랑인 줄 알았다. 나쁜 새끼!! 다른 남자 만나지 말라고 칼침 진하게 상처 내길래 도망 다니다 돈 번다고 업소쪽 발 담갔는데. 돈은 개뿔!!

현태 그래 니 과거 통증. 내가 우왜 알겠노.

영자 마쟈~ 내가 현태 씨 아픔 모르는 것처럼.

현태 나도 첫사랑 있었다. (테이블 위 지갑 열며) 어… 내 손편지….

영자 현태 씨 뭐 찾는데 뭐 없어졌나??

현태 지갑에 넣고 다니는데… 어디서 흘렸지….

영자 1차 갔던 곳에서 흘린 거 아니가?

현태 (당황하며) 기억이… 아… 1차 계산 때 흘렸는지… 일단

	가서 찾아볼게.
영자	나도 찾아볼게.
현태	부탁해, 찾으면 전화해줘.

현태, 나간다.

암전.

3장

뒷방에서 전화를 거는 영자, 수금하러 온 금란도 함께 있다.

영자	현태 씨 편지 찾았으니 가게로 와.
현태	어디서 찾았노? 저녁에 갈게.
영자	공짜 아닌 거 알지?
현태	당연하지. 뭐 사갈까?
영자	얼굴이나 보러와, 오면서 땅콩빵이나 사오던지.
현태	너무 소박한데, 그래 이따 보자.
영자	1차 딴 데 가지 말고 바로 와야돼.
현태	당연하지, 바로 갈게.
영자	이따 봐. (전화를 끊는다)

금란	사장이 카드 막아 줬나??
영자	사장도 우짤 수 없이 카드 막아주네, 다행이다 숨통 트였다. 카드 긁어라, 이제 외상 다 끝났데이.
금란	주문할 거 없나? 6개월 무이자 있다.
영자	카드빚도 스트레스다, 이제 현금으로 싸게 살란다.
금란	근데 니는 아까 땅콩빵이 뭐고!! 애도 아니고 좋은 거 사달라 하지.
영자	그럴 처지가 아닌 기라.
금란	뭐 더 구매할 거 진짜 없나??
영자	필요한 거는, 지금 없으니 강매하지 마라.
금란	니 아까 통화하던 남자는 어떤 사람이고?
영자	단골이고, 내한테 진심으로 대한다.
금란	괜찮으면 우에 좀 해서 팔자 고쳐 봐라.
영자	순리대로 살아야지, 언니는 이상한 소리하고 그라노.
금란	니도 나이 더 먹기 전에 팔자 고쳐야지.
영자	나는 이제 희망이 없다. 나이는 들어가고, 모은 돈은 없고 막막하다. 그냥 버티고 있는 기라. 아무 생각 없이. 아! 얘기 그만하자!
금란	인생 선배로 충고 하나 할게. 손님 중에 좋은 사람 있으면 매달려래이.
영자	그런 충고 듣기 싫다, 내 스스로 살아내야지.
금란	아이고 잘났다, 니 뜻대로 해봐라, 세상이 그리 만만한

지. 나는 갈란다. 니나 내나 답답하기는 같은 처지고.

영자　나도 언니 맘 안다. 언니 잘 가래이.

암전.

4장

뒷방에서 영자와 채선, 화장하며 얘기 나누고 있다.

영자　(거울을 보며) 아~화장해도 나이든 건 우짤 수 없네.

채선　현태 잘 꼬셔봐~~ 가족들 사고로 다 잃고, 합의금, 보
험금, 아… 따마 수 억 있을걸?

영자　도움… 받고… 싶지만 입이… 나 같은 걸.

채선　술 취한 척하고 꼬셔봐. 밑져야 본전! 궁상 떨어봐! 이
년아! 너 팔자 고칠 기회다.

영자　욕은 왜… 하고, 언니도 참!!

채선　니 처지 보니 안타까워 그라지 맹꽁아!!

영자　아, 알… 좋… .

5장

영자 홀로 나오며 갯바위 노래를 부르며 홀로 나온다.

현태, 들어와 앉는다.

현태 편지 어디 있던데?

영자 화장실 옆 수돗가 근처 떨어져 있던데.

현태 와 다행이다, 찾아서. 어제 1차 갔던 곳 찾아보니 없더라고.

영자 정성이 대단쿠만.

현태 죽은 아내, 첫 만남, 약속의 편지니까.

영자 (고개 끄덕이며) 소중한 건 지켜 줘야지.

현태 고마워. 아 참!! 땅콩빵 깜박했네.

영자 먹으면 살찌고 잘 됐네. 술이나 한턱내면 되겠네.

현태 그건 당연하지

영자 (채선을 부르며) 언니 주문 콜! 양주랑 안주.

현태 머리카락, 이젠 내 앞에서 귀 뒤로 넘겨도 돼. 시술은 생각해봤어?

영자 돈이 없으니, 그냥 커튼 가리듯 가리고 살면 되지 뭐.

현태 카드 빌려줄게. 천천히 갚고 시술하면 기분도 딴 세상일 걸.

영자 부담 주기 싫거든, 살아있는 나의 자존심.

현태	영자의 커튼콜이라!! 성형 후의 인생도전.
영자	상상만 해도 신나네.

채선이 술을 가져오고 영자가 잔을 따르고 건배 제의를 한다.

영자	우리의 커튼콜을 위하여 건배.
현태	건배!!
영자	현태 씨 장단 맞춰 고마워. 잠시라도 행복했어, 상상의 커튼콜… 고마운 현태 씨!
현태	난 진심인데, 농담 아니라니까.
영자	아이고, 아이고. 웃기고 쳐자빠졌구만, 정신 차리시오. 동정은 요기까지.
현태	사람 진심을 몰라주노. 받아라 할 때 받아라.
영자	진심인 건 느껴… 진다… 고맙고, 미안하고, 내 감정이 쪼까 복잡다.
현태	(담담한 얼굴로 신용카드를 테이블에 올려놓으며) 오늘 술값 계산하고 내일 성형외과 가서 꼭 시술 받거래이.
영자	(고개를 끄덕이며) 살다보니, 참, 이런 날도 있네.
현태	난 니 커튼콜이 궁금하거든.
영자	왜 이런 선심을… 내는지 궁금하네.
현태	마음이 움직이니까. (흔들흔들 몸을 좌우로)
영자	사람 갈등 생기게 하고 맘 붕 뛰우네, 참말로.

현태	나도 죽기 전에 좋은 일 하나는 하고 가야제.
영자	뭔 개떡 같은… 소리….
현태	나 간경화래, 병원서… 가족도 없고, 살고 싶지도 않다. 더 빨리 죽을라고 술 마신다.
영자	참말이가? 와 그동안 숨겼는데.
현태	말하면 니가 내 술 주겠나? 못 먹게 할 걸?
영자	앞으로 우얄끼는데… 치료 받아야제?
현태	그냥 막 살 끼다. 의미가 없다, 이제 나는.
영자	현태 씨 나 좋은 생각이 났는데.
현태	뭔데? 얘기해 봐라.
영자	나는 결혼은 못 해봤다아이가.
현태	그래서?
영자	나 현태 씨랑 같이 살까?
현태	헛소리 하지 말고.
영자	헛소리로 들리나? 진심이다, 참말로.
현태	술 취했나? 나는 집에 가야겠다, 피곤하네.
채선	자야! 내 다 들었다. 이 참에 내 빚도 갚아라.
영자	언니는 뜬금없이 시답잖은 소리 하노!
채선	병신 같은 가스나, 기회가 맨날 천날 오나?
영자	나는 돈은 없어도 사람답게 살아가야컷소.
채선	지랄하고 있네. 내일 카드깡 해서 니 돈 받아야겠다. 하모 하모.

영자 아… 진짜 그라믄 안 되지.

채선 안될 건 뭐 있노. 니 내 빚 언제 갚을 긴데? 에휴, 나도 힘들다.

현태 빚… 얼마 있는데?

채선 얼추 2천만 원은 될걸?

현태 빚이 그렇게나. (놀라며)

채선 고금리에 사채이자까지 늘어나 내가 막아줬잖아.

영자 언니는 그만 좀 해라. 사람 민망하게.

현태 (생각에 잠긴 듯하다가) 사장님요! 일단 내가 카드 빌려줄게요.

영자 현태 씨 와 이카노? 그건 아니다. 술 취했네.

채선 취하게 안 보이는데?

현태 정신은 멀쩡하다. (카드를 건네며) 카드 받아라.

영자 진짜 받아도 되… 나…?

현태 피곤해서 난 그만 집에 가야겠다.

영자 그… 래, 몸도 생각해야지. 오늘은 그만 집에 가고 내일 연락할게.

현태 손 편지 받으려는 생각으로 왔으니, 갈게.

영자 조심히 가. 고마워, 현태 씨.

현태, 나간다.

암전.

6장

금란, 채선, 영자, 뒷방에서 이야기하고 있다.

영자 카드깡 알아봐 줘. 금란 언니 수고비 줄게.

채선 가시나가 로또 맞았다, 현태 씨한테.

금란 수고비는 마… 됐고, 잘됐다.

채선 빚 갚으면 야가 여기 나갈 것 같으네. (넌지시 영자를 쳐다보며) 내사 서운타. 정들었다 아이가.

영자 나도 서운타. 나이도 나이고, 이번 기회에 내 앞길 닦아 봐야지.

금란 니 내한테 연락은 하고 살아야 된데이.

영자 다 시절 인연이다.

영자 (현태에게 전화 건다) 현태 씨… 어제 카드 진심!! 나 오늘 카드깡 맡길 건데, 고마워요.

영자, 전화 끊는다.

영자 (금란에게 카드 건넨다) 자, 꼭 좀 부탁해.

금란 대박이네. 팔자 바꿀 때가 된 거 같네.

채선 (연분홍 치마 콧노래 부른다) 자야~~ 기왕 이래 된 거 팍 밀어달라 하던지.

영자   언니는 양심이 있어야지

채선   양심… 아이쿠 니가 아직 고생을 덜 했구나. 난 둘이 잘됐으면 하는데.

영자   나도 챙겨주고 싶다. 가정부라도 해서 갚는다고 할까??

채선   외롭기도 하고 챙겨주는 사람 없으니 몸이 팍 갔는 기라. 이참에 둘이 살림 차리면 어떡겠노?

영자   언감생심. 나 같은 걸… 한 번 매달려 볼까?

채선   야야야, 밑져야 본전이다.

금란   나는 찬성이다. 나 같으면 한다에 한 표!

영자   (생각에 잠긴다) 이루어질까?

채선   금란 씨, 내일 카드깡 꼭 해. 부족한 금액이랑 빚은 내가 또 카드승인 알아볼게.

금란   요즘 세상에도 순정파가 있다니.

채선   우리집 단골인데 사람이 엄청 좋긴 하지.

금란   나 바빠서 가야 하니까, 카드깡하고 내일 피부과 같이 가자.

채선   그래, 그라믄 되겠네.

금란   자야, 니는 내일 피부과에서 만나자. 카드도 받아야지. 나도 이마 주름 보톡스 좀 맞아야겠다.

암전.

7장

시술 받고 온 영자, 채선과 홀 안 탁자에서 마주 보고 있다.

영자 언니! 내 얼굴 흉터가 감쪽같이 메꿔졌다. 암튼 우리나
라 의료기술이 최상이다.

채선 옴마야! 흔적 없이 멀끔하네.

영자 (만족한 듯 웃으며) 맞쩨 맞쩨. 나도 신기하다 아이가.

채선 말 나온 김에 카드 줘봐, 나도 긁어야쩨.

영자 응, 여기. (카드를 건넨다) 현태 씨 진짜 고마운 사람이다.
내한테는 은인이다.

채선 늦복 터졌네, 한턱내라.

영자 아이쿠, 언니는 남의 카드 가지고 와 그카노?

채선 실컷 쓰라고 대시하더구만은.

영자 세상 공짜 없다, 다 빚이다. 언니도 살아봐서 알잖아.

채선 나는 모른데이, 카드 긁는 것밖에 모른데이.

영자 내 빚만큼만 긁어래이.

채선 오케이, 알았다.

영자 살살 긁어.

채선 아이쿠… 단말기 가져올게.

영자는 드러누워 흥얼거리고 채선은 단말기를 가져온다.

채선 (단말기 긁으며) 가시나 니 나가면 우얄꼬. 시원섭섭한 이 감정은 뭐꼬.

영자 언니야! 그 사람 밥이라도 해주고 같이 지낼까?

채선 니 맘대로 하세요.

영자 언니 카드랑 영수증 도고.

채선 자, 연체 이자까지 긁었데이.

영자 언니… 좀 봐주지.

채선 나는 은행 고금리에 이자 내고 있거든. 그 이자는 우얄 낀데?

영자 아유… 현태 씨한테 미안해서 우야꼬.

채선 기회 왔을 때 잡아야지, 이 등신아. 니가 여태 이래 살게 된 것도 이유가 있는 기라.

영자 나는 이런 내 꼬라지가 싫다.

채선 심보는 보드라와 가지고. 다 필요 없다, 이 세상에서는.

영자 그래도 그렇지. 아….

채선 나도 힘들다, 힘들어. 가게 세에다, 비싼 물가에, 나도 백조로 살고 싶다. 참~ 니는 이제 백조 되나?

영자 내 맘대로 되나, 뭐라도 해서 은혜 갚아야지.

채선 나도 모르겠다, 니 꼴리는 대로 하숑. 내 꺼만 챙기면 되니까.

영자 맞어~ 각자 도생.

채선 현태 씨 오늘 오나? 니 기둥서방 되겠다.

영자　전화해서 카드 받으러 오라고 해야지.

채선　그래 그래. 오늘 내 가게 매출 많이 올려도. 부탁한대이.

영자　언니는 완전 장사꾼이네.

채선　그래, 나 장사꾼이다, 우짤낀데.

영자　술 마시지 말고 건강 챙기라고 할 거다, 이제는.

채선　지랄하고 자빠졌네. 욕 쳐먹을라고 그카나?

영자　언니도 내 입장에서 생각해봐라. 그 사람 위해주고
　　　싶지.

채선　돈 앞에 싹 돌아서는 꼬락서니 하고는.

영자　언니랑 나는 결이 다르다 아이가….

채선　결… 지랄하네, 싸가지 하곤.

영자　우짜겠노? 서로 다름을 인정해야지.

채선　내한테 그런 거 바래지 마라. 이 바닥 인생대로 살아야
　　　내가 생존하거든.

영자　내 어릴 적 꿈이 있었거든. 이젠 그 꿈을 향해갈 용기
　　　가 생겼다 아이가.

채선　그 꿈이 뭔데?

영자　시골에서 전원주택 짓고 식당 차려서 먹고사는 기다.

채선　난… 또 거창한 꿈 있는 줄 알았네.

영자　어릴 때 시골 홀어머니 밑에서 너무 굶고 지냈거든. 엄
　　　마가 품팔이 나가면 밥 대신 고구마나 감자, 배추로 허
　　　기 채웠거든. 그래서 나는 식당하면 굶지는 않을 것 같

아. 늘 꿈꾸었어.

채선　응원할게, 꿈꿔봐.

암전.

8장

현태가 비틀거리며 들어온다.

현태　영자야, 니 얼굴 커튼 걸었네.

영자　현태 씨가 커튼콜, 도와줬잖아.

현태　빚 갚았는데 이제 어디로 갈 꺼고? 이제 니 꿈 한번 펼
　　　치고 살아봐라.

영자　현태 씨가 도와줘야 된다. 그라고 현태 씨, 몸 안 좋은
　　　데 내가 현태 씨 집 가정부로 취직하면 안 되나?

현태　나는 이래 살다 가면 된다. 내 혼자 살아 뭐 하겠노.

영자　건강 신경 쓰면 회복된다 아이가, 용기내서 살라고 해
　　　야지. 나도 은혜 갚아야 하니, 갚을 기회를 줘야지.

현태　갚음 받을라고 한 거 아니고 그냥 한 거니까 신경쓰지
　　　마라.

영자　내 입장에서는 고마우니까 그런 거지. 맨입으로 쓰싹

하기는 좀 그시기하고.

현태 그래, 니 입장에서는 그럴 수 있다. 여태 겪어온 니 심성을 봤을 때.

영자 예쁘게 봐줘서 고마워, 현태 씨 나… 뭐 물어 봐도 돼?

현태 세게 물지 말고 살살 묻는 것은 용납하지.

영자 현태 씨 꿈은 어릴 적 뭐였을까??

현태 마누라, 애들과 시골에서 살고 싶었는데… 세상에서 찌들지 않고.

영자 와우~~ 나랑 같네. 우리 시골집 빌려 백일 살아보기 해볼까? 서로 안 맞으면 헤어지고.

현태 그래 그것도 죽기 전 한번 시도 해볼 만하네.

영자 혹시 아나, 시골 공기 마시고 흙 만지고 현태 씨 건강 회복될지.

현태 생각해볼게, 지금 모든 걸 정리중이니까.

영자 갑자기 심장이 쿵 쿵 쿵 뛰는데?

현태 너무 크게 들리는데, 고막 터질 정도로.

영자 생각만 해도 내 인생 2막이 올라 가는 거 같아.

현태 커튼 올라가는데… 서서히 영자가 커튼 밖으로 나오는데.

영자 용기를 내고, 커튼 밖을 걸어, 한발, 한발.

현태 우리 자야의 용기에 박수를… 짝짝짝!!

영자 (영자가 일어서며 환하게 웃는다) 응원 해주이소.

현태 한 걸음, 한 걸음 내디뎌봐.

영자 현태 씨도 함께 걸어요.

현태 나도 걸어 나가고 싶어.

영자 현태 씨, 건강도 챙기고, 우리 재미나게 살아봐요.

현태 재미… 내가 과연 그렇게 살 수 있을까?

영자 살 수 있죠. 가족들이 그걸 더 바랄 텐데.

현태 내가 살아 있다는 것이 가족에게 너무 미안해서…. (흑흑)

영자 가족은 병나서 만나게 되면 더 슬퍼할 거예요. 건강 챙겨서 잘 살아내길 원할 거예요.

현태 아… 그럴까? (머리를 감싼다)

영자 내가 함께할게요. 건강! 건강히 커튼콜 하는 모습을 가족에게 보여줘야죠.

현태 (흐느껴 운다) 그래, 그래. 추스릴게. 영자를 통해 돌아보게 되네. 나 자신을 너무 가두어 버렸네. 술로 견뎌내고.

영자 가족들도 지켜보며 안타까웠을 듯. 남인 나도 그런데.

현태 그래, 나 좀 도와줘, 힘닿는 데까지. 가족과 건강까지 잃으니 술로 나를 학대했어.

영자 너무 아름다운 세상인데 못 보고, 못 느끼고, 못 누리지 살아온 것 같아 억울해.

두 사람 침묵 가운데 채선이 탁자로 와서 앉는다.

채선 (의자에 앉으며) 니 가면 나 당장 일 할 애를 어디서 구하
노? 누구 하나 알선하고 박아놓고 가든지 해야지. 나
는 우야라고?

영자 내보다는 언니가 마당발이라 더 빠를 낀데? 알바 쓰도
되고.

현태 이젠 사장이 알아서 구해야지요! 야한테 숙제 주지 마
이소오!

채선 아이구 참내~!! 나도 섭섭해서 안 카나! 진짜 섭섭대
이! 정이 뭔지.

현태 섭섭한 건 인정하는데, 야 잘살도록 응원해 주이소.

채선 아이고, 정 주면 안 되는데 정을 쥐가지고, 내도 힘들다.

영자 언니, 그동안 잘해주셔서 고마워예! 자리 잡히면 연락
할 테니 섭섭해 마이소. 나도 지금 무지 섭섭합니데이.

채선 알았다. 나도 빨리 사람 구해봐야겠다. 이게 무슨 날벼
락이고.

영자 미안! 일이 이래 되어서.

현태 암튼 사장님도 복 받으소이.

채선 단골 끊기는데 약 올리나.

영자 언니도 이 참에 다른 거 생각해보는 게 어때?

채선 뭐라 케산노 야가! 그건 그렇고 섭섭다 아이가.

영자 나도 그래 언니! 새출발 하는데 박수쳐 줘. 2막이 시작 되고 있잖아.

채선 그래 알았다. (짝짝짝)

영자 금란 언니도 외상 갚았으니 내가 연락할게.

채선 하든지 말든지. 에휴~~ (한숨 쉰다)

영자 언니, 나 이번이 마지막 기회인 것 같아, 이 일 그만 두 는 거, 나이 들어가니 불안하고, 가진 돈도, 집도, 가족 도, 없고 언니도 언제까지 날 책임져 주지도 못하고 그 래서 결정했어.

채선 그래, 잘 가라. 붙잡는다고 니가 눌러 앉을 리 없고 옛 말에 떠나는 사람 잡지 말라고 했다.

영자 언니, 보란 듯이 꼭 잘 살아낼게.

채선 (현태를 보며) 야 눈에 눈물 나게 하지 말고 예뻐해줘, 내 가 지켜볼 테니까.

현태 그럼요, 서로 의지해야 하는데 예뻐하고 말고요.

채선 아~~부럽다, 부러워. 나는 언제 커튼콜 할라나.

영자 언니~!! 언니도 잘 될 거다. 지금이라도 꿈을 꿔보라 니까.

채선 아이고, 알았다, 꿈 꿔 볼게.

영자 늘 커튼 뒤에 숨어 있다가. 이젠 나갈 거야, 현태 씨랑 함께.

채선 두 사람 커튼콜 잘하길 진심으로 내가 빌어줄게. 서로

잘되면 좋지.

현태 고마워요, 저도 잘 헤쳐 나가 볼게요.

채선 영자야, 이젠 잘 살아라. 고생 많았다. 그동안 고마웠
데이.

영자 고마웠어, 언니! 카드도 잘 막아주고, 가불도 척척 해
주고.

채선 그건 당연히 해 줘야지, 다른 데 옮기면 안 되니까.

영자 그건 맞쪼. (크게 웃는다)

현태 나는 이제 가봐야겠네, 떠나려면 준비도 해야 하고.

영자 그러게요, 조심히 가요.

현태 나간다.

채선 나도 안줏거리 준비나 하러 가야겠다.

채선 나간다.

영자 그래, 언니.

영자가 무대 중앙으로 걸어 나온다.

여러분! 살아가면서 자기 안에 커튼을 치고 살아가지

않으신가요? 커튼이 올라가길 기다리나요? 아님, 스스로 커튼을 제치나요? 누군가는 커튼이 올라가길 마냥 기다리고, 누군가는 커튼콜에 앞으로 걸어 나오고, 누군가는 스스로 제치고 나오고, 커튼 막 사이에서 우리는 선택을 하게 됩니다. 자, 나는 어떤 커튼콜을 할 것인지 생각해 보시기 바랍니다.

그 많던 헬리콥터는 어디로 갔을까

김기열

멘토 안희철

등장인물

노인
업자

높이가 낮은 직사각형의 철제 탁자 두 개가 무대에 놓여있다.
막이 오르면, 한 탁자에 노인이 앉아있다.

노인   (폴더형 휴대폰을 귀에 대며) 여보슈? 거 계십니까?

업자   (스마트폰을 들고 노인과 반대편 탁자 쪽으로 입장한다) 여보
세요?

노인   아, 진짜 전화 되네?

업자   무슨 일이십니까.

노인   화장실에 붙어 있는 거 보고 연락하는 건디….

업자   무슨 화장실이요?

노인   고터에 거기.

업자   나이는요?

노인   제가 음, 오십 언저리 됩니다.

업자   (탁자에 몸을 기대고) 목소리가 더 늙어 보이는데요.

노인   어… 육십….

업자   70대죠?

노인   늙으면 이것도 안 되나?

업자   당연하죠. 싱싱한 걸 최우선으로 봐요.

노인   아 내 참말루 맘먹고 전화한 건디.

업자   장난치는 거 아니죠?

노인   낸 진짜다. 만날 수도 있고.

업자   음… 어차피 육십 이상은 안 받아요. 끊을게요.

노인 아다다다다 잠만 내가 진짜로 돈이 필요해서 그런다.

업자 (코웃음) 멱따는 소릴 다 내네. 얼마 필요한데요.

노인 한… 몰것다. 니가 먼저 말해봐. 내 다 멀쩡하다. 한번
도 병원 간 적 없고.

업자 (한숨) 지금 가진 건 얼마 정도 있어요?

노인 그건 와?

업자 저희도 절차가 있어요. 절차가. 아저씨, 진짜로 70대는
아니죠?

노인 당근이제, 내 아직 어머님도 살아계신다.

업자 친가 쪽이요? 외가 쪽이요?

노인 둘 다! 우리 집안 얼마나 튼튼한지 알겠제? 쪼그매한
사마귀조차 없는 몸이야.

업자 그건 유전병 아닌데?

노인 탈모! 탈모도 없고, 맹장 터진 사람도 없다.

업자 (탁자에 앉는다) 아무 상관없는 얘길 하네, 장난하는 걸
로 보여요?

노인 내 진짜로 팔 의향 있다.

업자 … 몇 개요.

노인 되는 건 전부다!

업자 (웃음, 노인 쪽을 바라보며) 진짜요?

노인 하모 내가 여까지 붙들고 헛소리 하겠냐?

업자 음… 상태 보고, 괜찮으면 80장 정도는 쳐드릴 수 있

어요.

노인　　팔십?

업자　　공 몇 개 더 붙이세요.

노인　　(더 크게) 팔백?

업자　　하나 더.

노인　　(더 더 크게, 탁자에서 일어난다) 당장 만나자! 니 어디고!

업자　　(짧은 사이) 만나면 뭐, 악수라도 하게요?

노인　　뭐가 필요한지, 그라지 말고 천천히 함 얘기해보자. 신
　　　　분증 복사해서 보내주까?

업자　　(탁자를 손가락으로 두드리며) 그런 거 취급 안 하고, 간단
　　　　한 검사를 해야 하는데….

노인　　공인인증서 뭐 그런 거? 하 난 그냥 얼굴 딱 보는 게
　　　　젤 편한데.

업자　　(웃음) 신분증 받아봐야겠네. 나이 보게.

노인　　아, 그라믄 안 된다. 걍 검사 받을게.

업자　　왜, 보여주기 싫어요?

노인　　이건 어떻노 총각, 뭐가 됐든 간에 일단 만나보는 걸로.

업자　　나랑 거래를 하려 드네?

노인　　(답답한 듯) 이거 뭐 어째 진행되는 거고.

업자　　복잡한 절차 다 뛰어넘기고, 최대한 간단하게 해드릴
　　　　게. 대신! 하라는 거 다 잘해주셔야 해요.

노인　　(서성이며) 하모하모 내는 전화 안 끊고 있는 거만 해도

진짜 고맙다.

업자 요즘 가족끼리도 다 나누잖아요?

노인 그체그체. 내 아는 사람도….

업자 기술도 발달해서 안전하고.

노인 그, 내 하나만 물어봐도 되냐?

업자 하세요.

노인 어디 어디를 파는 거지?

업자 그런 거 직접 물어보면 안 되는데, 약어 써요 우린.

노인 이 스티커에 적힌 거?

업자 네. HE, LI, CO, P, TE, R.

노인 꼬부랑글자 말인가?

업자 구글에 쳐보세요. 아저씨 인터넷 할 줄은 알죠?

노인 당근이제, 내 동사무소에서 배웠다.

업자 (노인 쪽을 보며 일어서며) 하- 뭔가 이상한데 진짜 할 맘 있는 거 맞죠? 짭새 아냐?

노인 내가 경찰 목소리처럼 듣기나?

업자 확인하는 거예요. 옆에 누구 없죠? 어디 소속되고, 그런 거 아니지?

노인 (주위를 둘러보며) 옆 칸에 똥 싸는 사람은 있다.

업자 자리 옮기지 말고, 조용히 말해요.

노인 (업자 쪽으로 가까이 다가간다) 하, 하게 되면 병원에서 하나?

업자   (거리를 두며) 뭐 그리 궁금한 게 많지?

노인   쪼매 불안타 아이가. 알고 파는 게 더 좋지.

업자   대학병원에서 해요.

노인   대학병원은 돈 많이 들자녀.

업자   하- 그런 건 저희가 나중에 다 알아서 하고요.

노인   받는 돈에서 빼뿌나?

업자   검사비 260만 원은 따로 받아요.

노인   검사비?

업자   (노인 쪽을 보며 웃는다) 아저씨 가진 상품이 멀쩡한지 알아봐야죠. 뭐 그냥 받게요?

노인   ….

업자   계좌로 돈 보내주시면 병원 예약은 해드리고요. 위치, 방법은 문자로 다 갑니다.

노인   너무 많다.

업자   걱정하지 마세요. 파는 거만 매칭되면 몇 배로 돌려받으니까.

노인   … 좀만 깎아도.

업자   그건 안 되고요. 선입금으로 어느 정도 받고, 나머진 받는 돈에서 빼드릴 수 있어요.

노인   얼마?

업자   (손톱 때를 정리하며) 일단 150만 원만 주세요. 괜찮죠?

노인   아이구야….

업자 계좌 보내드려요?

노인 아이 총각 전화 끊지말구. 우리 10초만 더 따져보자.

업자 (손바닥을 펴며) 십 초 셀까요? 돈 넣고, 눈 한번 감았다 뜨면 돼요. 검사야 무서워할 거 없습니다.

노인 내가 좀 매인 게 있어….

업자 검사비 준비되면 전화주세요. 계좌 보냅니다.

노인 우선 만날까?

업자 검사가 끝나야 만나준다니까?

노인 (바닥에 주저앉으며) 아이씨, 내 진짜 이렇게까지 하고 싶지 않았는데… 니 아들 있나?

업자 사연 같은 거 들어줄 시간 없습니다.

노인 아들이 암이란다.

업자 (탁자 위에 쭈그려서며) 가족 다 건강하다면서요?

노인 하나밖에 없는 울 외동자식 수술비 구하려고 안 이카나.

업자 ….

노인 평생 바친 직장은 나이 들었다 잘라뿌고, 가족이라곤 한 놈밖에 안 남았는디, 물려줄 거라곤 요 알통이랑 빚뿐이다. 아빠 빚 갚아보겠다고 벽돌 나르다 골병 든 게 아이가 우리 아들.

업자 전화 끊습니다.

노인 내 할 수 있는 거라고는 리어카에 쓰다버린 종이 모으는 건데, 온종일 주워도 국밥 한 그릇 안 나온다. 이걸로 수술비를 어케 벌어? 어? 일 키로에 칠십 원이다. 내가… 장기 파는 거에 안 혹할 수가 있겠냐고.

업자 (한숨, 일어나서 그를 내려 본다)

노인 하이구… 뭐, 끊는다드니 와 안 끊고 있노? 노친네 넋두리 첨 들어보는가?

업자 할아버지 70대죠?

노인 ….

업자 80대?

노인 인제 내한테 안 살 거제? 알았다. 내가 끊을게. 바쁜 총각 시간 뺏어서 미안해.

업자 할아버지.

노인 뭐! 꿍쳐둔 폐지라도 있냐?

업자 (탁자 위에서 내려오며) 저희 할아버지도… 리어카 끄셨어요.

노인 뭐?

업자 (노인의 탁자로 다가간다) 할아버지, 이런데 전화 걸고 그러면 안 돼요. 이거 다- 사기라고요.

노인 뭐라꼬?

업자 (주저앉은 노인과 눈높이를 맞추며) 검사비만 먹고 튄다니까. 왜 이걸 눈치 못 채요?

노인 … 니 참말이가?

업자 경찰에 신고도 못하죠. 장기밀매 자체가 불법이니.

노인 나야 절박하니….

업자 장기 그만큼 비싸지도 않아요. 이제 돼지 장기로도 만든다고 안 합니까. 규제도 많이 풀려서 전과는 다릅니다.

노인 돼지 걸 인간 몸에?

업자 그런답니다, 여기도 큰물만 살아남았죠. 스티커도 잘 안보이잖아요.

노인 내는 인제 망했다. 그 돈 다 어디서 구하노.

업자 (함께 바닥에 앉고) 할아버지 어디 살아요? 진짜 나쁜 뜻 아니고, 가까운 데 살면 국밥 한 그릇이라도 사드릴게.

노인 돼지국밥? 순대국밥?

업자 피순대도 얹어드리죠. (짧은 사이) 나 밀매업자 그런 거 아니고, 공사판 막노동 하는 사람입니다. 칼 같은 거 잡아 본 적도 없으니 안심하시고.

노인 총각 밥을 얻어먹을 수 있나.

업자 울 할아버지 생각나서 그러니… 한번 봅시다.

노인 널 어케 믿고!

업자 이거 들으면 알 걸요. 십년 전 골판지 가격. 키로당 이백 원.

노인 허.

업자 나쁜 재활용 새끼들한테 가져다 팔면 키로당 십 원에서 삼십 원.

노인 니 진짜….

업자 근데 재활용센터에 가면… 가끔 복지소서 버린 우유랑 단팥빵 주잖아요. 유통기한 지난 그걸 받겠다고 거길-

노인 (일어서며) 만나자! 내 쌍문동 산다!

사이. 철제탁자들이 가로 면으로 붙여져 정사각형의 평상처럼 된다. 업자와 노인은 그 위에 올라서서 앉는다. 펼쳐져있는 과자와 사이다. 둘은 그것을 주거니 받거니 하며 대화를 나눈다.

노인 (이쑤시개를 쓰며) 하 참 오랜만에 옴팡지게 먹었다.

업자 순대 더 시켜드릴 걸 그랬네.

노인 꽉 차서 더는 안 드가! 위장이 놀래지는 않았나 몰라. (배를 쓰다듬으며) 거 잘 있는가?

업자 술 안 드시는 게 신기했어요. 테이블에도 못 두게 하고.

노인 (이쑤시개를 튕기며) 유비무환! 다 이유가 있는 기다.

업자 사이다는 괜찮죠? 분위기라도 내게.

노인 니 마이 무라. 내는 입만 축일란다.

업자 진짜 나오실 줄은 몰랐네요.

노인 같은 쌍문동 산다는디, 이웃끼리 간 볼 필요 있나?

업자　제가 나쁜 사람이면 어쩌려고요. 할아버진 사람을 넘 쉽게 믿어.

노인　내도 촉이 있어. 애가 내 등구석 따시게 할 사람인지, 차갑게 할 작자인지.

업자　식사라도 맛있게 허셨으면 됐어요. 이제야 좀 맘이 놓이네.

노인　우리 리어카 할배들은 있잖아. 다 한 몸 한 뜻인겨, 아무리 손자라도 같은 식구지.

업자　… 며칠 동안 밥 못 드셨다고 했죠?

노인　이번엔 사흘? 익숙해지니 참을만하드라.

업자　가장 최근 음식은요. 순댓국 말고.

노인　꿀꿀이죽. 어찌 먹었던지 기가 맥히게 끓인다.

업자　(한숨) 울 할아버지도 자주 끼니 거르셨어요.

노인　공복이 일하기 더 편하거든.

업자　그 몸으로 리어카를….

노인　괜히 장기 팔겠다고 한 거 아니다이. (배를 두드리며) 딴딴하고 팔팔하다.

업자　노인들 건 한 80프로는 내려서 받아요.

노인　닌 업자 아니라면서 와 그리 빠삭하노?

업자　(숨을 깊게 들이마시고) 딱히 유쾌한 이야기는 아니라서요. 비밀로 할게요.

노인　총각이 벌써부터 숨겨둘 게 많으면 못 쓴다.

업자　제가 좀 복잡해요. 안 그런 사람 없다지만.

업자는 담배를 꺼내 무는데, 노인이 업자 입에서 꽁초를 빼앗아 사이다 컵에 지진다.

노인　욘석이! 어딜 어른 앞에서 담배를!

업자　(머쓱하게 웃고) 우리 할아버지도 담배라면 질색을 했죠. 근데 이건, 진짜 심장이 빨리 뛰어서 그렇습니다.

노인　담밸 피니까 그런 거 아니가, 몸에 안 좋으니 끊어.

업자　술도 못 마시게 해, 담배도 못 피게 해, 뭔 낙으로 사시는지 모르겠네.

노인　아들 보는 낙이지 뭘로 살긴.

업자　… 아들이 많이 안 좋아요?

노인　오늘 내일 한다. 돈 얼릉 구해야지.

업자　무슨 수로 구하려고요.

노인　추천해봐, 팔십 노인 받아주고 금방 돈 땡길 수 있는 걸로.

업자　….

노인　암만 생각해도 없제?

업자　노점상?

노인　아- 포장마차 하는 할매가 벤츠 탄다는 거? 다 지어낸 헛소리다. 낸 파는 거보단 먹는 거에 소질 있어서.

업자 경비원?

노인 경비도 팔십 할배는 안 쓴다! 받아도 최저임금인디. 며칠 밤새야 일억이 나오지?

업자 농사?

노인 뭘 길러야 일익이 나오노? 신사임당을 심을까?

업자 (짧은 사이) 없네요. 진짜.

노인 차라리 공사판이라도 갔으면 좋겠다 안카나. 다치면 훅 가잖아.

업자 그런 소릴… 젊은 사람도 일주일만 연달아 일하면 몸 나갑니다.

노인 늙으면 죽어야지! 노인은 일도 못하게 해, 숨도 쉬지 말라해. 딴 방법이 있드나.

업자 (땀을 닦으며) 절 보세요. 오늘도 컨디션 안 좋아서 안 이럽니까. 그 연세에 현장 나가면 큰일 나요. 하루라도 더 오래 사셔야지….

노인 총각들 자리 뺏기도 미안한데, 얼렁 눈이나 감겼으면 소원이 없겠다.

업자 (짧은 사이, 메인 목소리로) 아까부터 꼭 제 할아버지처럼 말씀하시네요.

노인 늙은이들은 (가슴을 가리키며) 요기에 화만 가득 차서 나오는 말이 다 글타.

업자 (딴 곳을 보고 감정을 추스르며) 이 정자는 어쩜 사람 한 명

안 지나가나.

노인 여서 장기 두는 노친네들 다 디졌다. 마지막 친구, 한 달쯤 됐나?

업자 (사이, 노인의 얼굴을 유심히 바라본다)

노인 (웃으며) 임마 표정 보게. 갈 때 되면 가는기다. 이 나이 엔 다 이러고 살아.

업자 어르신, 잠깐만 이리 와보세요.

업자는 노인의 주머니에 봉투를 쑥 찔러준다. 노인은 화들짝 놀라며 돌려주려 하지만.

노인 이게 뭐하는 기고!

업자 많이 부족하지만 아드님 입원비에라도 보태세요.

노인 용돈을 누가 줘야 하는디! 밥까지 얻어먹고 이러는 건 내 용납 못한다.

업자 아이참, 받으세요.

노인 공사장에서 돈 번다며. 그런 돈을 내가 꿀꺽하라고? 사정 비슷하드만!

업자 이거… 그렇게 번 돈 아닙니다.

노인 응?

업자 다 선생님 같이 간절한 사람들 등쳐먹은 돈입니다.

노인 그, 내한테 검사비 보내라고 한 그거?

업자 첨엔 저도 열심히 살려 했습니다. 공장도 공사판도 공자 들어가는 건 다 해봤죠. 아무리 몸을 갈아도 백날 배 곯는 걸 어쩝니까?

노인 하모, 누군 안 그런 줄 아나.

업자 할아버지는 젊었을 때 뭐하셨는데요.

노인 이놈의 손꾸락이랑 알통 쓰는 일 했지. 그때까진 그래도 살만 했다.

업자 저도 마찬가집니다. 물류센터서 공기청정기를 옮기고 있었어요. 등에 그놈을 매는데, 갑자기 눈앞이 확 껌껌해지는 게 아닙니까? 깨어보니 병원이었죠. 등뼈가 부러지고 뼛조각이 폐를 찔렀다하는데, 것보다 문제인 건….

노인 나쁜 일은 꼭 하나로 안 끝나지.

업자 (짧게 심호흡 하고) 검사해보니 암장군님이 오셨다고 안 합니까.

노인 (짧은 사이. 과자 씹던 입을 멈추고) 니, 지금은 괘안나? 딴데로 번지진 않았고?

업자 네, 현재까진 완치입니다. 외가 쪽 유전이죠. 엄마도 그걸로. (짧은 사이. 스스로 사이다를 넘치게 따르며) 병실에 전무님이 찾아오더군요. 파견 나가서 다치는 건 한두입 상하는 일이 아니라고, 산재 신청하면 다 망한다 울고 불고… 공상 처리해버렸죠. 여섯 달 임금이랑 뼈붙이는 돈 주는 걸로, 끝내는.

노인 요즘도 그러나? 내도 (다리를 걷으며) 여기 그렇게 처리
했다.

업자 (입에 사이다를 한 번에 털어 넣으며) 꼭 무언가에 물린 거
같네요.

노인 (장난스럽게) 사람한테 콱 물렸다.

업자 별 소리를 (실없이 웃으며) 당장 입원비는 밀렸지. 수술
날짜도 잡혔지, 다른 선택지가 있겠습니까?

노인 암수술을 그리 빨리 잡나?

업자 (현기증이 나는 듯) 이 이야길 하면, 할아버지가 절 어떻
게 볼지 무섭습니다.

노인 감도 안 오네, 와 그러는지.

업자 제 할아버지는, 절 너무 아끼셨습니다. 선생님이 아드
님께 하는 것처럼.

업자 (사이) 소식을 듣자마자, 혼자서 뭘 준비하셨더군요. 한
날은 찾아와 이렇게 말하뎁디다. 아무것도 네게 남긴
게 없었는데, 드디어 나눌 게 있어 기쁘다.

노인 에이- 설마.

업자 (배를 걷으며) 받았습니다. 장기이식. 할아버지 걸로.

노인 아이고, 야야 그래서 자기 할부지 생각난다고 날….

업자 (점퍼를 벗고 머리를 짚는다) 자식한테 장기 떼주는 할애비
이야기, 새로울 것도 없죠.

노인 　… 그분은 잘 계시나?

업자 　세 달 만에 돌아가셨습니다. 저도 일 년은 더 누워있었고요.

노인 　허참, 무슨 말을 해줘야 하노 이거.

업자 　유서가 있으셨습니다. 새 삶을 준 것처럼, 지금부터라도 제대로 살아보라고.

노인 　자네는 근데… 청개구리마냥 살고 있구먼?

업자 　… 맞습니다. 부정할 수가 없네요.

노인 　아빠도 사고로 하늘나라 가뿌고, 할아버지가 리어카에 얹혀가며 키웠다며. 그런 분 몸과 마음을… 고따구로 사용하나?

업자 　(손을 쥐었다 폈다 하며) 바로 그게 절 괴롭게 하는 게 아닙니까.

노인 　(혀를 차며) 얘가 알고 보니 지 할애비를 잡아먹은 넘이네.

업자 　퇴원했습니다. 제가 뭘 할 수 있겠어요? 입원비는 밀렸지. 몸은 조금만 움직여도 메스껍고 피곤해지지. 그때 눈에 띈 게 할아버지 유품 정리하다본 서류였습니다.

업자 　(짧은 사이) 장기이식을 하기 위해 받았던 건강검진 결과서요.

노인 　….

업자 　네! 그렇게 시작했어요. 벼룩의 간을 빼먹는 짓.

노인	… 그딴 돈이면 더더욱 일케는 안 받을란다.
업자	절 도와주는 셈치고, 한번만. 이래야 용서 받을 수 있을 것 같아요.
노인	니가 맴 고쳐먹고 제대로 살면 되지! 더러운 돈 쌓아서 뭘 어쩌겠다고 그러노.
업자	부귀영화 누리진 못했습니다. 하지만 밥은 먹고 살 수 있었죠. 누군가에게 순댓국 사줄 만큼은….
노인	열심히 사는 사람들에게 못할 짓 하는 거다.
업자	선택지가 없었어요! 할 수 있는 게 없지 않습니까.
노인	지 할애비도 모자라 없어서 못사는 사람들까지, 그러고도 눈이 잘 감기더나?
업자	아뇨, 매일이 지옥 같죠. 어제도 꿈에 할아버지가 와서 한마디 하던데요. '내가 너를 낳았구나'.
노인	(자리를 털고 일어나며) 니한테 실망했다.
업자	뱃속도 자꾸 꾸룩꾸룩 거립니다. 허기가 져서 이러는 건지, 할배 장기가 날 혼내는 건지…
노인	(손에 쥔 종이컵을 꾸겨버리고) 여기 괜히 왔다. 순댓국 다 토해내고 싶네.
업자	할아버지. 저 이미 충분히 반성하고 있어요. 다 솔직하게 말하고 있잖아요.
노인	(삿대질하며) 니 같은 놈은 자식도 아니다!
업자	(다시 종이봉투를 쥐어주려 애쓰며) 할아버지….

노인 (밀어내며) 아무리 어렵다 해도 사람이 지켜야 할 게 있는 거야. 울 아들한테 부정 탄다! 저리 가! 내도 정말 늙었는갑다. 사람 보는 촉도 다 흐려 터져서.

업자 사람 한 명 살리는 셈 치고, 세탁도 다 끝낸 지폐예요.

노인 이 쎄끼가! 나 간다. 밥은 잘 얻어먹었다만 기분은 배리고 간다. 지 할애비 얼굴에 먹칠하는 넘.

업자 (가슴을 문지르며) 나 좀 살게 해주십시오. 숨 좀 쉴 수 있게, 어지러워 못 살겠습니다. 필요하다면 아드님께라도-

업자 (노인은 큰 보폭으로 퇴장하려 하는데) 여 나온 것만큼은 진심이었습니다!

노인 (사이. 걸음을 멈추고 떨리는 목소리로) 울 아들도, 니처럼 살까봐 무서워서 안 그카나!

업자 네?

노인 (짧은 사이) 울 아들내미도… 장기가 필요하단다. 내 몸은 개랑 피가 안 맞대. 자식인데.

업자 (한숨. 어딘가 불편한지 코를 찡그리며) 그런 경우도 있지요.

노인 내도 솔직하게 말할게. 아들 몸뚱이에 넣을 장기 살리고 장기 팔려 한다.

업자 아….

노인 (사이. 돌아와 업자의 손을 잡으며) 장기 하나 남는 거 있는가?

업자	(잡힌 손을 풀며) 아쉽게도 진짜 매매업자랑은 연결시켜 준 적은 없습니다. 돈만 먹고 나르죠.
노인	맹탕 같은 넘, 하튼 아들이란 것들은. 그라믄 닌 해줄 수 있다는 게 봉투 하나밖에 없다는 거?
업자	(짧은 사이) 또 뭘 드릴 수 있겠습니까.
노인	(사이. 그를 빤히 쳐다보더니 봉투를 낚아채며) 옳아, 그라믄 받는 게 좋겠다. 글고, 이 일 지대로 마무리 지어야겠다! 내는 팔팔히 살아남아서 자식 교육할 꺼다.
업자	어떻게 말입니까? 요즘은 이 짓도 기업이 다 잡아먹었습니다. SNS, 알아요?
노인	어쩌긴 뭘 어째. 장기 넣고 꿰꼬닥 하는 짓은 안 해야지. 두 눈 똑바로 뜨고, 아들 다시 공장 보낸다. 니처럼 양아치 짓하는 건 막아야지 않겠나?
업자	양아치요? 저 누굴 막 괴롭힌 적은 없-
노인	니 같은 놈은 동정도 아깝다! 할애비만 참 딱하지, 얘기만 들어도 훌륭한 분인디.
업자	선생님, 다 걱정해서 하는 말인데 좀 심하십니다?
노인	교육에도 돈이 필요하겠제?
업자	(사이, 옅은 헛구역질을 하고) 저 이만 가봐야겠습니다. 속이 영 이상해서.
노인	(코웃음) 총각, 니 아까 가게서 먹은 물은 안 쓰더나?
업자	(자리를 정리하며) 네?

노인   삼십 분 지났는데. 와 안 쓰러지노 이거. 흥분시키면 더 빠르단디.

업자   (불안한 목소리로) 무슨 말이신지….

노인   총각은 내보다 더 눈치 없네. 어느 누가 전화 한번 한 남정네랑 밥 믹겠누? 뭔 짓 할시 모르는데.

업자   (과자를 종이컵에 뱉고 내려놓는다)

노인   어지럽지는 않은가?

업자   에이 장난하지 마십시오. 무섭게 왜 그럽니까.

노인   오늘은 날이 아닌갑다. 총각, 욕봤데이, 앞으로 착하게 살어.

업자   (황급히 점퍼를 입으며) 당, 당최 이해가….

노인   집 가서 찬찬히 잘 생각해봐라. 난 간다.

업자   (일어서다 휘청거린다) 어?

노인   (업자의 흔들거리는 몸을 보고 미소 지으며) 손 한 번 쥐보게.

업자   (손을 들려하지만 힘없이 주저앉는다) 몸이….

노인   손꾸락은? (업자는 그대로 주저앉은 채로 떨고 있다)

노인   (사이. 업자를 관찰하다가 그의 눈을 벌리고 안약 같은 것을 넣는다) 아이구 착하다. 얌전하이, 집안 교육은 잘 받았나 보네.

업자   (입을 벙긋거리지만 소리가 나오지 않는다)

노인   이제야 약효가 번지네 이거. 아주 안 오는 줄 알고 쪼매 걱정했는데.

업자 (경련이 일어나는 그의 몸, 과자 봉지 위에 엎어진다. 사이다가 걸려 넘어진다)

노인 푹 자고 일어나라. 좋은 데 보내줄게.

업자는 완전히 축 늘어진다. 사이. 노인은 잠시 퇴장하더니 리어카를 끌고 들어온다. 그를 끌어 리어카에 싣고는, 무대를 한 바퀴 돈다. 암전.

조명이 다시 밝아오면, 탁자 두 개가 세로 면으로 붙여져 직사각형의 수술대처럼 된다. 그 위에, 업자가 허리띠로 묶여져 누워 있다. 무대의 한 구석에는 리어카가 있다.

업자 (힘없이) 리어카….

업자 (몸이 묶인 걸 알아차리고, 벗어나려 애쓴다)

노인 (앞치마를 두르고 입장한다) 아이구, 깨버렸어? 몇 방울 더 넣어줄 걸 그랬네.

업자 (잠긴 목소리로) 당신 누구야?

노인 총각, 똘똘하게 생겼더만 아닌가봐? 첫 질문부터 맥아리가 없어.

업자 나, 날 왜 묶어 났어?

노인 니 할애비한테 델다주려고.

업자 (머리가 아픈 듯 찡그리며) 뭐?

노인 할애비 있던 건, 사기 친 거 아니고 진짜 맞제?

249

업자　내가 별 걸 다 사기 치는지 알아?

노인　내도 아들 아프고 돈 급한 거 진짜거든. (짧은 사이) 니도 사연 있듯이 내도 있는 기다. 억 단위 돈 구하는 방법 이거 말고 더 있겠나? 지금이래두 시작해야지.

업자　할배 혹시….

노인　돈만 구하나, 아들 몸에 넣을 장기도 구하지.

업자　(몸부림친다)

노인　이 손가락 이거, 돼지 장기 만지던 손이다. 소싯적 일 물어봤었지?

업자　(더 강하게 몸부림치다 힘에 겨워 헐떡인다)

노인　돼지 장기를 을마나 오래 주물럭거렸는지, 지금도 그 느낌이 살아있는 것 같어.

업자　폐지, 폐지는 어쩌고. 다 한 식구라며?

노인　돼야지 한 마리가 다리를 앙! 하고 물어버리기 전까진 내도 삼십 년 해왔다. 첨엔 나무망치를 썼는데, 갈수록 요상한 공기 어쩌고 기계를 쓰는 거야? 머리에 두 방을 맞고도 꿈틀거리는 넘은 첨 봤다.

업자　이래서 사이다만….

노인　다 내 탓 됐지, 뭐 돼지한테 물리는 넘이 있냐고 총각들 비웃음거리 돼 부리고. '할배 고만 할 때 다 됐네?' '노인네들 집에나 있지?' 질린다 질러.

업자　….

노인　내 이 나이에 우쩨 이리 튼튼한지 알려주까? 돼야지! 마지막 점심에 지들 장기를 섞어주는 게 공장 수칙이 었어. 그라믄 육즙이 더 산대나 뭐래나. 그때 쓰고 남은 건 누가 다 치웠겠노? 푹 삶아 먹으면 뭐든 먹을 만하다.

업자　… 자꾸 만나자고 한 이유가 있었구나.

노인　먼저 만나자고 해주고, (웃으며) 내도 덕분에 일이 잘 풀렸어.

업자　할아버지, 난 전부 진짜였어. 여기 나온 것도, 같이 국밥 먹자고 한 것도….

노인　(업자의 이마를 쓰다듬으며) 돼지 장기나 인간 장기나 그게 그거 아이가. 윗분들도 좋게 보더라.

업자　(노인의 손길을 피하며) 윗분?

노인　나두 누군지 몰러, 복지소 빵 허탕치고 오는디, 웬 익숙한 목소리가 전화 오는 거 있제. 자기네들은 딱 두 개 본댄다. 간절함, 그리구 경력. 같이 일 한번 해보지 않을련가 묻대? 아들내미에게 좋은 일 생길 거라면서.

업자　… 이미 아들 장기를 샀었어?

노인　고때 전재산 다 날렸제. 진짜 받기도 했다. (업자 배를 두드리며) 알러지인가 머시기인가 때매 금방 떼버려야 했지만. 누굴 닮아 그리 까탈스러운지.

업자　… 한번 낡은 번호는 다시 돌지.

노인 인생에 기회가 세 번 온다 안 카나, 내는 이리 살면서
도 아직 두 번밖에 안 온 거 같다. 도축실 드갔을 때,
아들 봤을 때. 놓치고 싶지 않았다. 인자라도 아부지
노릇하며 살아야지.

업자 (심각하게) 할아버지, 또 속고 있다는 생각은 안 들어?

노인 고맙지 않나. 나이 말고 경력을 본다는 거, 날 인정해
주는 게 아인가?

업자 개들 일만 억수로 시키고 수당은 백날 미뤄. 내가 들은
말이 없는 것 같아?

노인 아니, 여긴 다르다니까. 뭐라고 해야 하노 이거, 양복
쟁이들 다니는 회사? 콜센터도 있고 부서도 있고 억수
로 많아. 뭐, 내는 현장직으로 꼽아준다곤 하는데, 수
습기간은 필수란다.

업자 큰물하고 엮여서 성하게 나온 사람, 한 놈도 못 봤어.
차라리 도살장 기계가 더 낫겠다.

노인 어케 알았노! 여기가 왕년에 내 다니던 도축실 거기다.
니 머리맡에 돼야지 일억 마리는 누워있을 걸.

업자 아니 그 말이 아니잖아, 할배가 지금 짐승 뱃속에 지
발로 들어간 거라니까?

노인 삼십 년 경력 노인 짜르니 얼마나 가겠노? 사장 놈 금
방 파산하고 튀더라. (추억에 잠긴 듯 주위를 둘러보며) 한
적하이, 작업실로 쓰기엔 제격이제.

업자 내 말 이해하고 있는 건 맞아? 왜 자꾸 속고만 살려고 그래. 정신 차려 좀!

노인 (객석을 가리키며) 저어기 보는 눈들 보이제? 어찌나 좋은 세상인지, 카메라만 잘 켜두면 재택 근무해도 된대. 쓰는 법도 모른다 카니, 종이 주우러 간 사이에 설치까지 해주고 갔다.

업자 그거 다 나중에 협박용이야….

노인 유인부터 포획까지 다 보고서 올리라 안카나. 점수 내 보고 결정해준단다. (감동한 듯) 이 나이에, 이 몸에 취직! 그 선생님들이 약속해준 게 얼마나 많은지 아는가? 울 아들 장기도 특에이플러스급으로 대기 명단에 넣어줬다.

업자 (다시 안간힘을 쓰며) 써먹을 대로 다 써먹고 장기만 털어서 버린다고! 우리 둘 다 똑같이 죽는 길이라니까?

노인 (손을 내리고 조용하게) 아이고, 울 아들내미 기다린다. 일은 해야제.

업자 이, 이런 개판에서 수술하면 점수 제대로 못 딸 걸? 좀 제대로 된 곳에서 경험자 조언 받으면서 해보는 게 좋지 않아? 내가 소개시켜 줄게!

노인 아는 사람 없다고 안했나? 이 새끼가 또 거짓말이야.

업자 친구! 친구 있어! 할배 처음이잖아. 일단 기초부터 탄탄히 해두면 일도 편해질 거야.

노인 걱정할 거 없다. (과자 봉지를 들며) 아이쓰-박쓰도 단디 챙겨났다. 글고… (짧은 사이) 거서 사람 보내줘가꼬 내 구경 몇 번 해봤다. 사전지도라고 하지 이거를?

업자 뭐?

노인 정자 노인네들, 뭐 그냥 없어진 줄 아나.

업자 ….

노인 니도 내한테 꽤 많이 알려줬어. 고건 고맙지. 영업비밀도 묻는 대로 다 답해주고 (웃음) 하모 다 적어놨다. 근무 시작하면 그대로 읽어주면 되겠더라.

업자 (벨트를 더 강하게 풀려하지만 꿈쩍도 하지 않는다) 시발 이게 다 뭔… 왜 꼭 나야? 왜 꼭 나여야 하는데!

노인 (장비를 꺼내 점검하며) 니가 지하철에 스티커 붙였잖아. 귀신, 헬리콥터 매매!

업자 나나, 살고 싶다고. 불쌍한 사람 목숨 뺏지 말고 어? 내 있는 돈 다 줄게. 우리 아까 좋았잖아.

노인 이미 다 챙겼다. 뭐 많지도 않더라.

업자 뭐라고?

노인 주머니에 통장 있더라, 누가 요즘 통장에 비밀번호 적어놓노? 나 같은 할애비도 안 그런다.

업자 아냐아냐 더 남은 돈! 통장 더 있어! 다 없는 일로 하고.

노인 고걸 믿으라고 지껄이는 거가. 나 직장 드가서 아들 장기 구해야 한다! 받을게 을마나 많은데 내 그깟 푼돈에 혹해야 하나.

업자 할배 그거 못 받는다고! 우리 진작에 이런 사기들 다 겪어봤잖아!

노인 열심히만 하면 다 보상해줄 기다. 이번은 다르다, 하고 믿고 살아야제.

업자 (울먹이며) 아 제발, 제발, 같은 처지끼리 이래서 뭐하게. 내 죽이면 할배도 똑같은 넘 되는 거야!

노인 기술만 있음 평생을 먹고 사는 기야. 내는 있잖아. 장기 자격증 딸란다.

업자 선생님! 제발! 돈 준다니까! 아 살려, 살려줘! 나나 나, 집도 옷도 없어서 어쩔 수가-

노인 내도 이렇게 살 줄 몰랐어. 원망하지 마래이. (실소를 짓고, 업자의 배를 가른다)

업자의 외마디 비명, 사이. 노인은 그의 배를 장비들로 헤집으며 주변을 의식한다.

노인 (업자 배에 손을 넣고) 으으 으음 으으음, 돼지 배나 사람 배나.

업자 (기괴한 신음 소리를 내더니 곧 조용해진다)

노인은 과자 봉지를 펴서, 장기를 하나씩 꺼내 그곳에 두기 시작한다.

노인   HE… LI… CO… P… TE… R… (어색한 영어발음으로, 헤, 리, 코옵, 터얼)

노인   (짧은 사이, 진열된 장기를 바라보며) 딱히 어렵지는 않네. 옛날 생각도 많이 나구.

노인   (과자 봉지를 묶은 뒤, 손을 닦고 앞치마를 벗는다) 가만 있어 보자. 아들놈은 아직 살아있으려나? 마지막 수술 드가 곤 연락 하나 없노. (한숨, 짧은 사이) 한 놈 더 잡아와서 새로 해야겠네.

노인   (봉지를 들고 리어카 쪽으로 가다가 업자를 돌아본다) 참 고단 하다. 먹고 살기.

노인은 리어카에 장기를 싣고, 휴대폰을 꺼내어 전화를 걸며 퇴장한다. 무대에는 업자가 누워있고, 조명이 서서히 어두워 진다. 그때, 어디선가 벨소리가 울린다.

막.

꽃길만 걸어요

김민선
멘토 안희철

등장인물

지숙   45세. 교통사고로 시어머니를 간병하는 며느리.
점순할머니   75세. 교통사고로 의식을 차리지 못하는 며
           느리를 병간호하는 어머니.
영숙   53세. 지숙의 시누
태수   46세. 지숙의 남편

시간

2016년 봄

장소

대학병원

프롤로그

오프닝 음악이 흐르고, 소낙비 소리와 차량 사고 소리, 그리고 사람들의 비명소리와 앰뷸런스 소리가 요란하게 울린다.

1장

조명 in.

이른 아침, 병원휴게실에 오늘도 지숙은 홀로 카누미니를 종이컵에 넣고는, 정수기로 향한다. 뜨거운 물을 붓고는 쓰레기통에 카누 빈 봉지를 던져 놓고는, 급하게 한 모금 마산다.

지숙   앗 뜨거워… 젠장! 맨날 이 모양이야. (창밖을 보며) 아 좋다. 봄이네… 꽃도 피고….

점순   (들어오며) 문디 와 또 여서 청승떨고 있노?

지숙   아! 할머니 일찍 일어나셨네요.

점순   옆에 여편네 코고는 소리 땜에 잠을 잘 수가 있어야지.

지숙   (웃음) 뭐 하루이틀인가요. 이제 자장가로 들려요.

점순   하이고 부처님 나셨네 나셨어.

지숙   왜 또 심술이 나셨을까? (할머니를 살펴보다 생각난 듯) 아

맞다! 오늘 담당 의사선생님 만나셨죠? 아까 간호사가 보호자 찾던데요. 왜 안 좋은 말이라도 들으셨어요?

점순 뭐 맨날 하는 소리 똑같지. 의식도 없이 누운 게 벌써 3개월인데, 뭐 희망적인 얘길 하겠나! (눈물을 훔치며) 저러다 가도 어쩔 수 없고….

지숙 ….

점순 남아있는 사람들이 불쌍하지!

지숙 그렇죠. 요즘 식구들도 문병이 뜸하던데요….

점순 다 지 살기 바쁜데… 처음이야 슬퍼서 세상이 무너지는 거 같았겠지만, 시간이 지나면 이게 언제 끝나나 싶을기라… 얼라들만 불쌍치! (지숙을 보며) 아이고 쉬는 사람 붙잡고 내 넋두리만 했네. 우짜노 미안해서.

지숙 아니에요. 저도 답답해서 나왔어요. 사고 나고 어머니 저리 되신 지 3개월이 지나니, 남편도 밉고, 시댁식구들도 밉네요. 처음엔 돌아가실까봐 식구들 모두 다 다른 생각할 겨를이 없었는데, 지금은 서로 책임전가하기 바쁘네요.

점순 (쓰게 웃으며) 죽도 않고 살아있으니 다들 힘들겠지! 지도 누워서 얼매나 힘들겠노…. (눈물짓는다)

지숙 (따라 눈물짓다가 분위기를 바꾸려는 듯 호들갑을 떨며 커피 컵을 들고 창가로 가며) 할머니 저기 좀 봐요, 벌써 꽃이 지기 시작하네요… 비가 오면 안 되는데….

점순 (창가로 가서 내다보며) 와?

지숙 꽃이 다 떨어져 버리잖아요.

점순 피고 지는 게 당연한 이치지.

지숙 시간 참 빨리 지나간다. 이 병원 처음 올 땐 롱패딩 입고 왔는데, 어느새 지천에 꽃이 피고 지네요. 할머니 샤랄라 봄이에요. ('봄처녀' 가곡을 흥얼거린다)

점순 젊은 사람이 이 좋은 봄날 꽃구경도 못하고, 애들도 친정엄마한테 맡겨 놓고, 밤낮 이게 뭔 고생이고, 에휴 나중에 복 받을 기다.

지숙 에휴 지금도 없는 복이 나중에 언제요. 후훗 저는 되었구요, 우리 애들이나 그 복 받았으면 좋겠네요. (그리운 듯) 아! 우리 애들 보고 싶다!

점순 와 신랑은 안 보고 잡나.

지숙 아이고 제가 누구 땜에 이 고생인데, 웬수가 따로 없죠 하하하.

점순 (일어나며) 신랑 인물이 훤하니 양반이드만, 그래도 살다보면 신랑만 한 사람이 없다. 그만 청승떨고 들어가자!

지숙 예예, 자아 가시죠. 근데 할머니 저는 꽃피는 봄이면 마음이 막 간질간질하며, 막 들떠요….

점순 지랄한다. 봄바람 나겠네….

지숙 아 그거 좋죠. 하하하. (두 사람 웃으며 퇴장)

막간음악. 조명 변화.

2장

며칠 뒤 점심시간 병원휴게실. 새벽 아침부터 비가 세차게 내린다. 지숙 한 손에 세면도구를 들고 한쪽 귀에 휴대폰을 어깨에 붙인 채 남편과 통화 중이다.

지숙 (세면도구 바구니 놓으며, 휴대폰 바로잡으며) 아니 당신만 자식이야? 그리고 난 며느리야. 아들딸이 둘씩이나 있는데 왜 어머니 간병을 우리한테만 맡겨놓는데.

남편 다들 바쁘잖아. 안 그래도 속상한데 왜 그래?

지숙 아 몰라… 당신 형님 보고 책임지라고 해… 나도 할 만큼 했어!!

남편 조금만 참자. 다들 정신없이 바쁘다잖아.

지숙 나도 바빠 바쁘다고! 아니 골프치고, 해외여행 갈 시간들은 있는데, 자기 부모 돌볼 시간은 없다는 거잖아. 야, 지나가는 개가 웃는다! 아 몰라! 간병인 부르던지… 당신 부모니까 당신이 알아서 해! 나도 우리 애들 챙겨야지!

남편 (길게 한숨 쉰다)

지숙   언제까지 친정엄마 고생 시킬 건데… 조만간 식구들
이랑 얘기 끝내. 아님 나 못 참아! (화를 내며 휴대폰을 끊
는다)

남편 퇴장. 조명 변화.

점순   (물병을 들고 나오며) 아이고 또 와? 일 잘하고 있는 남편
붙잡고 난리치노?!

지숙   (의자에 앉으며) 하하 제가 미쳐요! 이것도 신랑이라고?!

점순   (따라 앉는다) 말 폼새 봐라… 와?

지숙   할머니 글쎄, 큰며느리는 갱년기라네요. 그래서 병간
호 못한대요. 맏이라 재산 욕심은 있는데, 부모님 책임
은 지기 싫다나 봐요… (어이없다는 듯) 시누들도 우리엄
마 엄마 하며 하루에 열두 통 전화하더니, 막상 어머니
저리 되니 지들 살기 바빠서 책임은 아들들에게 미루
고요. (기가 찬 듯 헛웃음을 웃다) 우리 어머니 일어나시면
많이 섭섭하겠네요.

점순   큰며느리 갱년기라며?!

지숙   (화를 내며) 그러니까요… 내가 참! 그 갱년기가 7년째
라구요!

점순   근데, 그기 심하면 그렇다 하더라.

지숙   아니 할머니는 알지도 못하면서 왜 우리 형님 편드세

요?! 내가 듣다 듣다 7년은 너무 한 거 아니에요?! 하
아 짜증나! (할머니에게 언짢은 내색을 보인다)

점순　아이고 짜증내지 마라. 뭔 사정이 있겠지! 아, 그리고
　　　병원에 오래 누워있으면 효자 없다 카드라.

지숙　(눈을 흘기며) 그러면요 왜 저만 이러고 있어야 해요!
　　　그리고 저 새댁 아니거든요. 마흔다섯 살이 뭔 새댁
　　　이에요!

점순　와 이리 나한테 성을 내노. 그리고 본인이 더 잘 알잖
　　　아. 성내면서 안 하고는 못 뵈기는 거… 나는 그래서
　　　색시가 이쁘다!

지숙　할머니도 참….

점순　그라고, 긴 병에 효자 없다 안 하더나.

지숙　하지만 지네 엄마잖아요.

점순　지네 엄마?! 새댁아 그래도 그리 말하면 안 되지!

지숙　아 몰라요?! 안 볼 때는 나라님도 욕하는데….

점순　그건 또 그렇지.

지숙　어쨌든, 아니 들어보세요. 좋을 때만 지네… 아니, 엄
　　　마인가요? 시도 때도 없이 우리엄마, 엄마 하더니 며
　　　칠 병원에 있더니, 코빼기도 안 보여요… 내가 잘하나
　　　못하나 훈수만 두고, 저만 자식 있나… 자식들 챙긴다
　　　고 핑계만 대고.

점순　사정이 있겠지, 그리고 출가외인이라 남편 눈치 보느

라 그러겠지.

지숙   (못마땅한 듯 쳐다본다)

점순   (겸연쩍게 웃는다) 하하하.

지숙   매일 우리 식구, 우리 핏줄 노래 부르며 사람 대접도 안하더니… 꼭 집안일은 며느리 책임이라고… 아니 얘기하다보니 화나네요… 할머니, 왜 자꾸 우리 시댁 식구 편들어요.

점순   저 성질머리, 그냥 이치가 뭐 그렇다 그 말이지!

지숙   제가 너무 속상하니까, 위로해달라고 그러는 거잖아요… 흑흑흑.

점순   아이고 맞다! 그래 알았다 알았어… 내가 눈치가 좀 없다. 울지 마라 새댁한테 미안해서 그럴 기다… 그러니 새댁이 이해해라. 그리고 사랑이란 내리 사랑인기라. 나도 살아보이 그렇더라… 자식 아프면 몇날 며칠 밤새도 끄떡없는데, 부모 아프면, 형제들끼리 미루게 되지.

지숙   그건 그래요… 저도 우리 애들 다치거나 아프면, 밤을 새도 당연한 일인데 부모한테는 어렵네요.

점순   당연하지! 근데, (지숙 보며) 남편 아침부터 속상하겠다.

지숙   아 몰라요… 뭐, 하긴 요즘 힘들 거예요. 장모랑 불편한 동거한다고 (웃는다) 저희 신랑 저래 뵈도 아주 귀하게 자랐어요. 우리 어머니가 저희 신랑 막내라 엄청 예

뻐하셨죠, 아마 그래서 제가 남편 짝으로 더 못 마땅
하셨을 거예요.

점순　하이고 참, 이래 맘도 곱고 참한데.

지숙　(좋아하며) 그러게요… 근데 키 작고 마르고, 친정 볼 거
없다구 싫어하셨죠.

점순　할마시 별나네. 우리 며느리도 작아도 얼마나 야무지
고 예쁜데.

지숙　할머니가 우리 시어머니면 좋겠다.

점순　(웃는다)

지숙　(웃으며 창가로 가서 밖을 내다보며) 할머니 꽃이 지고 꽃길
을 만들었네요… 저기 사람들이 사진 찍는 거 봐요…
하아 꽃길 나도 걷고 싶다! (돌아서며) 나도 저 꽃길을
걸으며 결혼했잖아요. 꽃피는 춘삼월에 사랑하는 님과
함께 정말 행복했는데….

점순　산다는 게 다 꽃길일 수는 없지.

지숙　그러게요. 제가 결혼하기 전에 시댁에 인사드리러 갔
는데… (손으로 자기 눈을 위로 째 올리며) 어머니가 눈을
이렇게 해서 말씀하시더라고요, "키도 작고 그리 말라
서 애는 놓겠나? 아이구 저 자슥은 여자 보는 눈도 없
다." (화가 나서) 그러면서 내 면전에서 대놓고 욕하시데
요. 그때 멈춰야 했는데….

점순　아이고 면전에 대고?! 참, 새댁 시어머니도 참 빌라다.

이래 착하고 야무진 색시를 못 알아보고.

지숙 하하 그렇죠. 제가 좀 야무지죠. (웃다가…) 근데 제가 나 이만 많지 철없이 굴었어요. 어른 잔소리 듣기 싫어 대 답만 "네" 하고 똑같이 행동하고.

점순 잔소리 듣기 싫지!

지숙 자주 오는 시누 보기 싫어서 온 얼굴로 싫은 내색하고.

점순 시누 좋다는 며느리가 어딨노. 오죽하면 시금치도 싫 다 하겠노.

지숙 참 철없었어요.

점순 어리니 서운했겠지!

지숙 네에, 정말 서운했죠… 아니, 나니까 시댁 들어가 4년 씩이나 살았지….

점순 (장단 맞추듯 바로) 하모.

지숙 (신나서) 그리고 분가해서는 주말마다 시댁 가고.

점순 얼쑤!

지숙 (신명내며 창 하듯이)) 여행 한번 맘 편히 못가고, 남편이 효자라 고생했네에에… (창을 끝내며) 하하하 할머니가 우리 시어머니면 좋았을 텐데 저 이뻐만 해 주시고…. (웃는다)

점순 (웃으며) 그거야 내가 지금 새댁 시엄마가 아니니까 그 렇지! (장난스럽게) 나도 한 심술 한다. 함 보여주까… (심 술 난 표정을 지어보이며 웃다가) 그래도 이쯤 살아보이 잘

했다 싶지 않나?

지숙 그렇죠….

점순 (일어나며) 아이고 오줌 마려워서 못 참겠다. 내 먼저 간다. 새댁 얘기 듣는다고 너무 참았는갑다. (점순 바삐 나간다)

지숙 (점순을 보며) 네에. 올해는 꽃이 빨리 지네. (지숙 창밖을 보고 있다)

음악. 암전.

3장

저녁, 점순 할머니와 지숙이 병원로비에서 자판기에서 커피를 뽑고 있다.

지숙 점순 씨, 고급커피 아메리카노?

점순 지랄한다. 커피는 일반 밀크커피가 최고다.

지숙 무조건 고급커피가 맛나지요.

점순 그기 다 상술이다. 봐라 내 커피가 백원 더 싼데, 프림하고 설탕을 더 넣어 주잖아.

지숙 네네 할머니 부자 되세요!

점순	요즘 젊은것들은 한 푼이라도 아낄 줄을 몰라. 저 봐라. 밥 사먹고… 그 뭐 아메….
지숙	아메리카노.
점순	그래 아메… 리카노! 그거까지 쭉쭉 빨면서 돈을 물 쓰듯이 한다 아니가!
지숙	요즘엔 젊은 사람들 결혼도 필수가 아니라 선택이라 잖아요. 그리고 결혼해도 딩크족이라고 애 안 낳고, 본인들 인생 즐기며 사는 게 유행이라는데요.
점순	뭐?! 떵크 유행! 지랄한다. 자식도 안 낳을 거면서 뭐하러 결혼하노. 누구 집안 말아 먹을라고?!
지숙	할머니 요즘은 제사니, 조상이니, 그런 거 신경 안 써요. 제 세대가 부모님께 효도하는 마지막 세대라고 하잖아요.
점순	조상 모르고, 부모도 모르면 그게 사람이가 짐승이지! 지들 뿌리는 지켜야지.
지숙	조상 모시고, 부모님께 효도하기에는 세상이 너무 빠르고, 복잡하게 흘러가잖아요. 요즘 애들 보면 참 안됐지! 죽어라 공부하고 대학 가도, 취업도 안 되고, 집값은 천정부지로 치솟아서 내 집 사기는 하늘에 별 따기고… 내라도 그 입장이면, 결혼을 왜 해요, 자식도 못 낳지!
점순	(화내며) 하 참, 내 새댁 그리 안 봤는데, 영 못쓰겠네.

자식교육 그리 시키면 집안에 망조 든다!

지숙 아이고 할머니 꼭 내가 옳은 소리하면 화내시네! 내 말은 요즘 세상이 그리 돌아간다고 말하는 것뿐이라고요. 자자, 우리가 이런다고 세상이 변하는 것도 아닌데, 화 그만 내시고 커피 드세요. 아까운 커피 다 식겠네. (커피 한 모금 마시다 지나가는 남자를 보다가) 어 저기 305호 아저씨 아니에요!

점순 (커피 마시며 쳐다보며) 그래 맞네. 근데 저 여자는 누구고?! 젊은데… 마누라는 아닌 거 같은데.

지숙 마누라 아니에요. 저 저 미친, 아니 소문에 마누라는 낮에 있다가 저녁에 집에 애들 챙기러 가니… 밤에 저 여자 병원에 불러서는 둘이 쪽쪽거리며, 좋아 죽어라 한다네요.

점순 지랄한다. 한 달 전만 해도 아파 죽는다고 악악거리더니, 이제 살만 한갑네.

지숙 그러게요… 미친놈! 아니, 마누라 그래 지극정성으로 간호해서 살려놨는데… 아휴 저것들을 콱!! (때리는 시늉을 한다) 저 봐라, 또 쪽쪽 거리는 거, 아이고 뒤에서 다들 욕하는지도 모르고 아휴 짜증나!

점순 재수 없다 저리 가자! (빈 컵을 쓰레기통에 확 던져버린다)

지숙 (좀 떨어져서 따라 던진다. 빈 컵이 깨끗하게 쓰레기통에 들어간다) 오 골인 와우!

점순	빨리 온나! (한심한 듯)
지숙	네에! (쫓아가서 걸으며 대화한다) 참 할머니, 들으셨어요?
점순	뭘 들어?
지숙	글쎄, 어제 응급으로 들어온 오토바이 사고 환자 낮에 죽었데요.
점순	아직 젊었던데 와?
지숙	헬멧을 안 써서.
점순	지랄한다!
지숙	근데 그 남자 결혼한 지 한 달 되었다네요.
점순	(바로) 뭐라고, 저런 쯧쯧쯧
지숙	그래도 다행인 게, 얘기 들어보니까 사고 보험금이 많이 나오나 봐요.
점순	그건 다행이네. 산 사람은 살아야지!
지숙	네에! 이로써 오늘 순찰보고는 끝! (거수경례)
점순	그래 수고했네. (웃는다)

점순과 지숙 걸어간다.

점순	아이고 잠깐만… 좀 천천히 가자! 요즘 들어 다리에 힘이 자꾸 풀리고, 눈앞이 흐려진다. (주저앉으며) 니 저기 장닭 안 보이나?
지숙	와 삼계탕 드시고 싶어요? 웬 장닭?! 요즘 식사를 제

때 안하셔서 그래요. (대기실 의자에 앉히며)

점순 입맛이 없다. 좀 쉬면 괜찮겠지 뭐. (지숙, 점순의 다리를 주무른다) 아이고 고마 치우고, 막간을 이용해서 새댁 노래 한 자락 불러봐라. 그 감수광 혜은이 노래. 진짜 맛깔나게 잘 부르던데….

지숙 힘없다면서요.

점순 내 새댁 노래 들으면 힘이 날 거 같다.

지숙 아 그럼 할머니 힘나게 제가 노래 한 자락 뽑을까요?

점순 좋지!

지숙 (스텝을 밟으며) 안녕하세용 명가수 지숙이에요. 점순 할매 웃음 장착!!

점순 아이고 살살 불러라, 남들 보면 어쩔라고! (두리번두리번)

지숙 할머니, 자아 보세요. (춤추며 사람들 사이를 누빈다. 그냥 스쳐지나간다) 봐요, 아무도 신경 안 써요. 자아 시작합니다! 박수 치시고!(인사)

'바람 부는 제주에는 돌도 많지만, 인정 많고 마음씨 고운 아가씨도 많지요. 감수광 감수광 나 어떵 할렝 감수광 설룽사랑, 보낸시엥 가거들랑 혼자옵서예'

점순 (박수) 잘한다! 가수네 가수! 혜은이가 울고 가겠네!

지숙 그럼 다음은 섹시한 할매 노래. 매력 넘치는 나훈아의 아니 아니, 우리 점순 씨의 고장 난 벽시계 들어 보실게요!

점순 (일어서며 송가인 흉내 내며) 안녕하세요. 18세 점순이 인
사 드리겠어라!
'세월아 너는 어찌 돌아도 보지 않느냐
나를 속인 사람보다 니가 더욱 야속하더라.
한두 번 사랑땜에 울고 났더니
저만큼 가버린 세월 고장 난 벽시계는 멈추었는데
저 세월은 고장도 없네.'

지숙 아싸 잘한다!! 하하하.

암전.

4장

삐삐삐 응급벨소리, 의사 호출소리.
아침, 조명 in.
병실에서 남편 태수와 시누 영숙 나온다.

태수 (큰소리 내며) 고만하자 누나!

영숙 (화를 내며) 안 된다고!

태수 그래봤자 엄마만 힘들다.

영숙 야, 이 자슥아. 왜 이제 귀찮나?

태수	그 얘기가 아니잖아. 가망이 없다잖아!
영숙	나는 이렇게라도 엄마가 우리 곁에 있었으면 좋겠다.
태수	마음 편하게 보내드리자! 형님하고 얘기 다 끝냈다.
영숙	왜 너희 마음대로 결정하노… 절대 안 된다! 엄마, 엄마 흑흑 미안하다. 흑흑.
태수	누나!
영숙	엄마한테 미안해서 이렇게는 못 보낸다. 아버지 돌아가시고, 빈 집에 덩그러니 혼자 계시는데, 자주 찾아가지도 못하고, 내 일이 우선이고, 내 자식 돌본다고 흑흑… 태수야 나 이렇게는 엄마 못 보내드린다.
태수	엄마가 아버지 돌아가시고 그러시더라. 혹시 내가 잘못되면 심폐소생술 억지로 해서 힘들게 하지 말라고.
영숙	아 엄마.
태수	자식들 힘들게 하기 싫다고 하셨다.
영숙	평생을 뼈빠지게 일만 하시다, 여행이라고 간만에 가시는 건데… 왜 하필이면 우리한테 이런 일이 생기노.
태수	그 사고로 살아서 병원으로 이송된 사람이 두 사람뿐이다.
영숙	이러면 안 되는데 올케가 원망스럽다.
태수	누나!!
영숙	경찰이 그랬잖아. 자리만 안 바꿔줬어도 상황은 달라졌을 거라고!

태수 그래서 그 사람이 죽어야 한다고!

영숙 그래 차라리 그랬으면….

태수 (누나 귀때기를 때린다) 아무리 그래도… 그렇게 말하면 안 된다! 내가 어떤 마음으로 버티는데… 누나보다 더 엄마한테 미안하고, 죄송하고… 차라리 내가 죽고 싶은 마음이라고! 애들 보며 겨우 버티는데… 진짜 너무 한다.

영숙 미안하다. 팔이 안으로 굽는다고 나는 내 엄마만 보인다.

태수 나는 내 엄마이고, 내 부인이고, 그리고 애들 엄마다. 그 사람 시집와서 여행 한번을 제대로 같이 가본 적이 없다. 그런데 그 사람이 엄마랑 여행 간다고 좋아라 했는데….

영숙 저 혼자 가지.

태수 내가 말릴 걸….

영숙 엄마 흑흑… 올케는 차도가 좀 있나?

태수 큰 이상은 없는데 안 깨어나네.

영숙 태수야 내 말 마음에 두지 마라. 그냥 나고 속이 상해 막말한 거다.

태수 나도 알지… 누나도 잘 생각해봐라. 엄마 그만 보내드리자.

영숙 그래 그래야겠지.

간호사	(병실에서 내다보며) 보호자 분!
영숙	아. 네! (들어간다)
태수	(우두커니 서 있다 들어간다)

5장

점순, 그런 두 사람을 우두커니 바라보다 휴게실 의자에 앉는다.

점순	(허공을 보며 혼잣말을 한다) 영감 죽기 전에 자꾸 "저 봐라. 장닭이 내 눈에 보인다. 니 눈에 안 보이나?" 하더니, 영감 말이 참말이네. 이제 내 눈에 보이니 말이다. 그래 꽃이 피면 지는 게 인생인데, 왜 그리 아등바등 모질게 살았는지… (지숙 나오며 점순 옆에 앉는다)
지숙	꽃이 피면 지는 게 인생이라, 그럼 내 나이 사십 중반이면, 지기 시작한 건가요?
점순	지기는 왜 져? 꽃길 걸으면 되지… 예쁘게 사진도 찍고, 추억도 만들고, 가장 좋을 때지.
지숙	쪼매 하다고 싫다더니, 왜 이리 친절하실까?
점순	하하하 그래 쪼매하다고 싫다 했다. 그런데, 크다고 내가 좋다고 했을라나? 그땐 누구라도 성에 안 차다고

싫다 했을 기다….

지숙 심술쟁이 할마시, 나도 결혼해서 남편이랑 신혼도 즐기고 깨 볶고 싶었는데… 어째 그리 방해를 하는지….

점순 (벽면 모서리를 보며 혼자 듣고 말하듯이) 우리 아들 잘생긴 내 아들, 키도 크고 잘생겼지… 남 주기 아까웠다.

지숙 그렇게 아들이 아까우면, 결혼 시키지 말고 데리고 살지! 왜 결혼은 시켜서, 남의 귀한 딸 고생시키는지.

점순 그래 심술부렸다! 지금도 내 눈에는 얼라 같고. 안타깝고, 아깝고, 돈 번다고 고생하는 거 같아서 니를 더 구박했지!

지숙 어머니 닮아 잘생겼다고요? 말도 안 돼.

점순 와?! 내가 지금은 늙어가 그렇지, 젊었을 땐 한 인물 했다.(웃는다) 동네에 내 좋다는 남자가 얼마나 많았는데… 여기저기서 내 좋다고… 하아 그러면 뭐하노… 조실부모해서 천덕꾸러기였는걸.

지숙 어머니 아들 저 애 둘 키울 동안 기저귀 한번을 안 갈아준 사람이에요. 주말에는 가만히 앉아서 이거 달라, 저거 달라 상전이라고요. 그게 다 어머니 때문이에요. 저 어머니 늙으면 똑같이 구박할 거예요.

점순 (웃으며) 그래서 지금 내 구박하나? 내가 시집을 독하게 살아서, 내 며느리는 편하게 해 주려고 했는데… 배운 게 도둑질이라고 나도 너한테 못된 시엄마 노릇을 했는갑다… 미안하다! 근데, 그게 그렇더라. 자식들 결혼 시키고 나니, 일 년에 얼굴 제대로 볼 날이 별로 없더라… 그래서 명절날 내 딸은 일찍 왔으면 했고, 며느리랑 아들은 옆에 끼고, 친정에 늦게 보내고 싶었지!

지숙 명절날 차례 지내자마자, 손자들한테 니 고모한테 전화해 봐라, 언제 오는지… 그러면서 명절 저녁상까지 차리고 정리 다하고 나니, 지금 친정 후딱 갔다가 내일 일찍 오라고… 하아 이건 도대체 뭔 심보인지….

점순 아들 가진 유세지! 내 시어머니도, 그 위에 시어머니도… 이 심보는 돌림병인가 보다. 근데, 희한하지… 내가 시어머니가 되면 그 마음이 스물스물 커지는 기라.

지숙 결혼하고 첫 번째 결혼기념일에 어머니 눈치 본다고, 외출도 못하고 밤에 신랑이 미안하다며 사온 피자 한 쪽 먹고, 다음날 어머니한테, 있는 욕, 없는 욕 다 얻어 먹었죠. 남편 살 찌는 음식 먹게 했다고.

점순 그건 내가 생각해도 너무 했네. 나는 몰랐지! 말을 안하니, 결혼기념일인지 뭔지.

지숙 그리고.

점순 또 있나?!

지숙 며느리 생일은 나 몰라라 하면서, 시누생일은 한 달 전부터 언제가 큰시누 생일이다, 또 언제는 작은 시누 생일이니, 전화하고 챙겨주라고 하셨죠.

점순 ….

지숙 저, 제 남편이 그리 효자인줄 알았으면, 결혼 안 했어요… 신혼인데, 천 날 만날 시누들 와서 진을 치고, 한 끼 식사에 열두 명이 웬 말이에요. 그리고 어머니 사위 오는데, 분가 후에도, 왜 저한테 챙기라고 하세요?… 저요, 막내며느리에요. 그러면서도 내내 딸들한테 제 흉보시고, 혼내는 시어머니보다 같이 욕하는 시누가 더 미워요. 어머니가 좀 말리고, 혼내시지, 왜 그러셨어요. 저도 저희 집에서는 귀한 딸인데… 흑흑흑.

점순 사랑도 받아본 놈이 베풀 줄도 안다는데, 나는 지지리 복이 없어서, 조실부모하고, 올케 눈치 밥 먹다가 결혼 했는데, 시집이라고 오니, 부모 없다고 구박댕이가 되었지! 그래가 꽉 죽어버릴라고 한밤중에 집을 나서는데, 우째 알았는지 시할매가 내 앞을 막으며, 조금만 참자고 내 허리를 잡더라… 그래 둘이 붙잡고 울다보니 날이 샜지….

지숙 아버님 돌아가시고, 첫 제사 때 오랜만에 식구들이 다 모였거든요. 그때, 어머님이 살이 30키로가 빠져서. 계속 식사도 못 하셨잖아요, 갑자기 몸져누우셔서, 그때 저 정말 힘들게 하셨어요… 근데, 그렇게 아프면서도 시누 곰국 준다고, 무거운 솥단지 드시다가 다쳤을 때, 저, 그때도 어머니 병원 모시고 가고, 끼니 챙긴 거, 저

뿐이에요. 본인은 밥도 못 먹고 겨우 걸으면서, 다 늙은 딸 말랐다고 우족 사오라고 할 때… 정말 우족 패대기치고 싶은 거 겨우 참았는데… 그리고 형님 한 번씩 장봐서 오면… 어머니 맨날 두부, 오징어만 사온다고 저한테 지년은 난 자리에 풀도 안 사란다고 욕하시더니, 자는 알뜰하다고 시누들한테 칭찬하고, 저더러는 돈지랄한다 욕하시데요.

점순 (지숙을 보며) 그래 내가 그랬더냐… 미안하다… (손을 잡으며) 속이 얼마나 썩었겠노! 근데, 니는 시키면 시키는 대로 하니, 그러려니 했지! 큰 거는 왔다가는 손님처럼 구니 정이 안 간 거고, 주말마다 두 손 무겁게 장봐서, 이것저것 만난 거 해주는 니가 고맙다가도, 자가 남편 벌어다 주는 돈 함부러 낭비하나 싶고… 나도 내 마음을 모르겠다….

지숙 (마주보며) 형님, 쓰레기봉투도 아낀다고, 검은 비닐봉지에 쓰레기 담아서 밖에 내놓은, 종량제 봉투에 끼워 넣어버린다고, 저한테 본받으라고 하셨잖아요… 그건 아니잖아요. 그리고 진작에 그리 말씀하시지, 나 화병 안 나게… 내가 속상해 있으면, 퉁명스럽게 저 좋아하는 손수제비 끓여서 주시면서, 철없다고 욕하시면서… 제 손에 수저 건네 주셨는데… 흑흑.

오열. 점순 손을 토닥이며 받아주다가, 허공을 보고 조금만
기다리라고 손짓을 한다.

기다리라는 손동작 반복하고 지숙 달랜다.

점순   (일어나며) 끝이 없겠다.

지숙   흑흑 어머니가…. (울다 쳐다본다)

점순   (허공에 기다리라는 손짓하다가) 내가 지금 바빠서 가야겠
다. 저기서 자꾸 오라고 하네.

지숙   예? 어디서 어디를 간다는 말이에요?

점순   멀리.

지숙   멀리….

점순   그래… 니는 꽃길 걸으며 재미나게 살다가 뒤에 오고.

지숙   (이상한 듯) 어머니….

점순   (한 곳을 가리키며) 저기 날더러 오라고 손짓하네.

지숙   어디요? 저는 안 보이는데

점순   (웃으며) 가야 될 사람 눈에만 보이는 기라.

지숙   무섭게 왜 그러세요?

점순   누구나 다 떠나는 길이다. 이제 서운한 거 다 잊고, 재
미나게 살아라. 고맙고… 미안하다 그리고 내 아들 잘
부탁한다.

지숙   어머니 아들 좋겠네. 어머니가 엄마라서… 근데, 이제
불쌍해서 어째요.

점순 니가 있잖아, 자식도 있고. 이제 진짜, 니 식구들하고
　　　 재미나게 살아라… (등 돌리고 가다 다시 돌아보며) 그리고
　　　 시간 남으면, 시누들 친정 오면 니가 좀 챙기고.

지숙 아 진짜!

점순 농담이다. 이제 간다. 재미나게 잘 살아라. (걸어간다)

지숙 (바라만 보다 눈물짓는다) 사랑합니다…어머니.

음악. 암전.

조명 in.

6장

3개월 후 납골당.

꽃을 가져다 놓으며, 봉지에 캔 맥주를 따서 놓아두고, 한 캔
따서 마신다.

지숙 어이 점순 씨?! 거기 혼자 가니 좋아?

점순 (옆에서 놓아둔 맥주 캔을 들고 마신다) 카아 좋네… (쥐어박
　　　 는 시늉을 하며) 이게 이제 죽었다고 맞먹네.

지숙 꿈인지 현실인지, 어머니랑 함께한 며칠간이… 정말

그립다.

점순 지랄한다. 다 잊고 잘 살라니까.

지숙 그날 사고 날 때, 어머니 왜 그러셨어요…?

점순 사고 날 때 뭐?!

지숙 갑자기 어머니 저랑 자리 바꾸셨잖아요. 사고 나기 전에.

점순 노 코멘트.

지숙 자리만 안 바꿨으면 내가….

점순 전날 꿈에 자꾸 장닭이 보이더라.

지숙 여기 내가 있었을….

점순 (말을 자르며) 내가 또 그 꼴은 못 보지! 니 시아버지 죽기 전에 자꾸 저 모서리에서 장닭이 자기를 쳐다본다고 헛소리를 해서, 내가 이 영감이 실성을 했나 욕했는데… 딱 3일 뒤에 상 치렀다… 근데, 그날 깜박 잠이 들었는데, 장닭이 니 머리에 앉아 있는 기라.

지숙 그 사고버스에서 저 혼자 살았데요.

점순 꿈에서 내가 아무리 후쳐도 이 닭이 꼼짝을 안 하더라. 그래서 내가 니한테 자리 바꾸자고 했지.

지숙 주무시다가 갑자기 휴게소에서 깨서서, 답답하다고….

점순 답답하기도 했고.

지숙 저 미워하시는 줄 알았어요.

점순 아니다.

지숙　저 보고 어떡하라고요…. (캔 맥주를 마신다)

점순　(머리를 쓰다듬는다) 이래 마주보고 같은 꿈을 꾸었으면 좋았을 것을… 다 잊고 내 아들이랑 잘 살아라, 내 손주들 예쁘게 키우고!

지숙　(보이지 않는 누군가를 보며) 어머니! 지금도 "내 아들이랑 행복하게 살아라" 하고 계시죠?

점순　얼씨구!

지숙　지금은 마음을 알겠어요. "재미나게 살아라. 니 식구들이랑…" 하고 계시죠?

점순　절씨구!

지숙　그리구 시간 나면 친정 온 시누들도 좀 챙기고!

점순　귀신이네… 내가 교육은 제대로 시키고 왔네.

지숙　잘 살게요… 어머니!

점순　그래 그러면 되었지. 하산!

지숙　(캔 맥주를 마저 마시고 일어난다) 아, 보고 싶다!

점순　그리워하지 마라. 돌아보는 게 아니다.

지숙　(이때 전화벨 울린다) 여보세요. 어, 여보. 이제 가려고.

점순　벌써!

지숙　애들은… 알았어! 운전 조심해서 갈게…알았다고. 어구 그 새를 못 참고 전화는… (웃으며 통화하다가) 나도 보고 싶지! 어머니 저 가요. 또 올게요. (뒤도 안 돌아보고 통화하며 나간다)

점순   뒤도 안 돌아보네. 내가 보이나… 들리나! (조금 따라가다 다시 돌아오며) 빠르네… (객석 바라보며) 나는 어째 죽어서도 짝사랑이다. 그래 뭐 지들끼리 잘 살면 되지. 사는 게 별 거 있나? 노력하지 않고 얻어지는 건 나이 늙는 거뿐인데, 이왕지사 사는 거 꽃길만 걸어야지… (웃으며) "저만큼 가버린 세월 고장 난 벽시계는 멈추었는데 저 세월은 고장도 없네." (나훈아 노래 흥얼거리며 퇴장한다)

누에고치의 꿈

허윤정
멘토 안희철

등장인물

노미래   27 여, 작가 지망생
박나비   27 여, 뮤지컬 앙상블 배우
집주인   중년여자, 이웃, 119구급대원

무대

정면에 반지하임을 알 수 있는 가로로 긴 창문이 천장 가까이에 있다. 단칸방 왼쪽에서부터 침대, 화장대, 냉장고, 싱크대, 화장실 문이 있다. 오른쪽 출입문 밖에는 지상으로 통하는 계단이 있다. 무대 앞쪽에 있는 앉은뱅이책상 위에 책이 쌓여 있다.

막이 오르면 컴컴한 무대 오른쪽 출입문에 조명이 켜진다. 미래, 한 손에 비닐봉지를 들고 지친 상태로 출입문 앞에 서 있다. 힘겹게 도어락 비밀번호를 누르고 손잡이 돌리는데 문이 덜컹대면서 열리지 않는다.

미래   (지쳐서) 아, 피곤한데. 문까지 말썽이야.

온 힘을 다해 문을 몇 번 더 당기자 큰 쇳소리를 내며 밖으로 열린다. 미래, 집안으로 들어와 실내화를 신는다.

미래   나비는 아직 안 왔나?

전등 스위치를 누르자 방 안에 불이 들어오고 침대 위에 하얀 형체가 보인다. 나비가 하얀 색 홑이불을 몸에 둘둘 말고 누워 있다.

미래   (놀라며) 야! 박나비! 불도 안 켜고 뭐하고 있어?

나비는 아무 대답 없이 꼼짝 않는다. 미래는 조심스레 나비에게 다가간다.

미래   (유심히 보며) 너 어디 아파? 한 여름에 웬 이불이야?

나비, 갑자기 일어나 바바리 맨처럼 양손으로 이불 확 펼
친다.

나비　아이스 맨!

미래　(몹시 놀라며) 꺅! 야 이년아! 놀랐잖아!

나비　이 이불만 있으면 더위가 웬 말인가!

이불 안쪽에는 아이스 팩이 다닥다닥 붙어 있다. 나비의 머리
카락이 축축한 상태로 이마에 붙어 있다.

미래　쯧쯧. 가지가지 한다. 언제 왔어?

나비　(능청스레) 이러고 한 시간 있었어. 미래 너 놀라게 하려
고. 흐흐.

미래　장난에 진심인 년. 덥지도 않냐?

나비　습기야 습기. (얼굴 가리키며) 여긴 물광 메이크업. 흐흐.

미래　땀이나 닦고 말해 이년아. 창문이라도 좀 열던가. (창문
열다가 기침한다)

나비　얼른 닫아. 먼지 들어와.

미래　아, 여기 반지하였지. (창문 닫는다) 전화는 왜 안 받았어?

나비　전화했어? (휴대폰 보며 갸우뚱한다)

미래　(휴대폰 내밀며) 봐! 열 통도 넘게 했어!

나비　(주위 둘러보며) 여기가 다른 건 다 좋은데 전파가 약하

더라. 내일 전화해서 중계기 달아달라고 해야겠어.

미래 (나비 찬찬히 보며) 안 덥냐? 네가 도롱이벌레냐?

나비 누에고치야 흐흐. (연극조로) 그레고르 잠자는 어느 날 아침 불안한 꿈에서 깨어났을 때, 자신이 이불 속에서 한 마리 갑충으로 변해 있음을 깨달았다. 변신?

미래 (정색하며) 아니! 변! 태!

나비 그래. 나비의 성장엔 변태가 필수니까.

미래 뭔 소리야? 그 변태 말고! (바바리 맨 동작하며) 이거!

나비 (시선 안 주며) 그래. 예쁜 나비가 되라는 덕담으로 받아들일게.

미래 (말투 따라하며) 벌레라고 자백하는 걸로 받아들일게.

나비 왜 이래? 나 박나비야!

미래 아직 날개 없으니까 애벌레인 거 인정?

나비 (마지못해) 그렇다면 분하지만 인정.

미래 (비닐봉지 내밀며) 옜다. 이거 먹어라.

나비 (비닐봉지 받으며) 이게 다 뭐야?

미래 폐기난 거. 삼각김밥이랑 이것저것.

나비 (신나서 이불 벗어던지며) 우와! 안 그래도 먹을 거 하나도 없었는데. (비닐봉지 열어 보며) 어? 족발도 있네? 이 비싼 걸. (문득) 어? 이거 번데기 아니야?

미래 (책상 위 치우다 힐긋 보며) 너 번데기 좋아했어?

나비 아니 뭐 그렇다기보다는, 어릴 때 많이 먹었지.

미래	어릴 때? 왜?
나비	기억 안 나? 옛날에 우리 집 양잠했던 거.
미래	아! 기억나! 누에들 꼬물거리던 거! 숨바꼭질하다가 잠사에 숨어서 누에들이랑 같이 잠들고 그랬잖아.
나비	그래. (닝독조로) 나를 키운 건 팔 할이 누에였다. 공부도 얘들이 시켜준 거야.
미래	(음식 올리며) 아! 옛날 생각난다. 고치 틀면 동네 아줌마들 모여서 실 뽑고 그랬는데.
나비	그래. 그랬지. 우리 엄마는 실 뽑을 때마다 번데기가 꼭 자기 같다고 했어.
미래	뭐가?
나비	(번데기 통 집어 들며) 한 번 날아보지도 못하고 이렇게 된 게 시골에 발목 잡힌 자기 같다고.
미래	하긴. 아줌마가 좀 예쁘셨냐? 노래도 잘 부르시고. 시골에만 있기엔 아까운 인물이셨지.
나비	내가 엄마 닮아서 이러고 있나?
미래	재능은 DNA에 새겨져 있나 봐.
나비	하긴, 내 이름도 엄마가 지어준 거야. 나만큼은 꼭 나비처럼 멋지게 살라고. 아빠가 서울 안 보내준다고 할 때도 엄마가 며칠을 드러누워서 아빠 설득시켰잖아.
미래	오호! 박나비, 그런 사연이 있으셨어? 그럼 오랜만에 인사해. (번데기 숟가락으로 떠서 내밀며) 아!

나비	난 됐어.
미래	왜? 어릴 때 많이 먹었다며?
나비	(번데기 보며) 그거 알아? 누에는 번데기가 되기 전에 네 번 잠을 잔다?
미래	네 번, 잔다고?
나비	그래. 첨엔 아주 작은 개미누에로 태어나지만 잠자는 동안 몸이 커져. 그러면 허물을 벗고 더 큰 누에가 되는 거야.
미래	그래 변! 태!
나비	그렇게 네 번을 잠자고 나면 실을 뽑아 고치를 만들고 이렇게 번데기가 되는 거야.
미래	고생했네.
나비	그러니까! 실 뽑는 게 얼마나 힘들었으면 이렇게 쪼글쪼글해졌겠어? 난 얘들 불쌍해서 못 먹어.
미래	(숟가락에 담긴 번데기 깡통에 털어 넣으며) 듣고 보니 그러네.

둘은 번데기를 바라보며 잠시 생각에 잠긴다.

미래	그건 그렇고 공연은 어떻게 됐어?
나비	공연? 잘 하고 왔지. (기억을 떠올리며 설렌다)
미래	뭐야? 이 표정. 그렇게 좋았어?

나비	그럼. 두 시간이 어떻게 지났는지….
미래	단기 기억 상실? 치매?
나비	실수하면 어떨까 걱정했는데 막상 공연 시작하니까 입에서 대사가 술술 나오고….
미래	술술?
나비	웅! (춤동작하며) 팔다리도 요렇게 요렇게 막 저절로 움직이는 거 있지.
미래	(따라하며) 요렇게 요렇게?
나비	박수소리 들리더니 다 끝나 있더라. (꿈에 젖어) 아직도 가슴이 두근두근 해.
미래	길 가면서도 연습하더니 완전 몸에 배었나보네.
나비	(연극조로) 비록 작은 무대 위 앙상블이지만 언젠간 날개를 펼치고 온 세상을 누비리라.
미래	(장난스런 말투로) 나방?
나비	나비라니까! (날개처럼 팔 휘저으며) 훨훨, 훨훨.
미래	나방처럼 파닥파닥, 파닥파닥.
나비	(꿈에 젖어) 넌 모를 거야. 무대에 서 있을 때 그 환한 불빛이 너무 좋더라.
미래	불빛?
나비	무대를 감싸주는 것 같다고나 할까? 하얀 빛 속에서 꿈꾸듯 날갯짓하며 내 모든 걸 다 보여주는 거야.
미래	그래서 불빛만 보면 막 설레?

나비	응. 설레.
미래	이거 심각한데.
나비	뭐가?
미래	진단 나왔어. 너 불나방.
나비	(눈 흘기며) 뭐래는 거야?
미래	불빛 보고 좋아하잖아.
나비	넌 모를 거야.
미래	아까부터 뭘 자꾸만 모른대?
나비	(꿈에 취한 듯) 불빛이 무대를 감싸면,
미래	(장난스럽게 말투 따라하며) 불나방들이 모이고,
나비	그 안에서 우리들의 이야기가 시작되고,
미래	(날갯짓하며) 불나방들의 축제가 시작되고,
나비	순결한 꿈에 젖어,
미래	불붙는 줄도 모르고,
나비	꿈을 향한 사랑의 몸짓을….
미래	(말 끊으며) 타죽어 이것아.
나비	야. 자꾸 장난칠래?
미래	아까 너 장난 친 복수다!
나비	으이그! 복수에 진심인 년. 야! 너도 그럴 때 있잖아.
미래	뭐가?
나비	너 새벽에 글 쓰면서 실실 쪼개던 거, 내가 못 본 줄 알았지?

미래   (쑥스러워하며) 봤냐?

나비   그래 이년아. 지 혼자 좋아갖고 키보드 신나게 두들기 던데.

미래   그거야 글 쓰는 게 재밌으니까.

나비   그치?

미래   밤늦도록 글을 쓰다가 다음날 알바 때문에 어쩔 수 없 이 자거든. 그런데 자고 일어나면 머릿속에서 뭔가 술 술 나온다.

나비   술술?

미래   그래! 나는 자고 있어도 머릿속으론 계속 생각을 한 거지. 그럼 막 신나서 받아 써. 내 머리에서 이런 생각 이 나오다니! 이러면서 스스로 막 감격해. (영화 〈건축학 개론〉 '납득이'처럼) 손이 못 따라갈 정도로 막 나와. 이리 저리 막 나와. 하아! (황홀해한다)

나비   그래. 바로 그거. 음악이 울리면 몸이 먼저 반응하는 것처럼. (휴대폰으로 음악 틀고 꿀렁꿀렁 리듬 타며) 이렇게 이렇게.

미래   (따라하며) 이렇게 이렇게?

나비   그래! 내가 좋아서 하는 거야!

미래와 나비, 양 팔을 벌리고 방안을 이리저리 뛰어 다니며 즐겁게 웃고 춤춘다. 나비 두 마리가 날아다니는 것 같다. 한

참 동안 춤추다 자리에 쓰러지듯 앉아 가쁜 숨을 몰아쉰다.

미래 아 재밌다. 간만에 실컷 웃었네.
나비 나도. 너 땜에 웃는다.

서로 마주보고 깔깔댄다. 갑자기 창밖에서 여자 비명 소리 들린다.

미래 뭐지?
나비 뭐야? 119에 신고해야 하는 거 아냐?
미래 경찰 아니고? 무슨 일인지 봐야겠다. (일어나 창문 열려고 한다)
나비 (다급하게) 하지 마. 무서워. 너 없을 때 사람들이 창문으로 들여다봤단 말이야.
미래 정말? 그러게 커튼 치고 있지.
나비 햇빛도 안 들어오는데 커튼까지 치면 낮인지 밤인지 구분이 안 돼서 계속 잠만 오잖아.
미래 (커튼 치며) 어? 이제 조용해졌네?

출입문 쾅쾅 두드리는 소리가 난다.

미래 앗, 깜짝이야! 또 뭐야?

나비　누구야 이 시간에?

미래　있어 봐. (문 쪽으로 걸어가 귀 기울이며) 집주인 아주머니
　　　야. 내가 나가 볼게.

미래. 현관으로 가서 문을 밀자 끼익 쇳소리 나며 열린다.

미래　(밖을 향해 연신 고개 숙이며) 저, 아주머니. 제가 허리가 좀
　　　삐끗해서요, 지난달에 알바를 못했어요. 그런데 다시
　　　편의점 나가거든요. 그럼 저번 달 것까지 한꺼번에 드
　　　릴 수 있어요. 아 정말 죄송합니다. 며칠만 기다려주세
　　　요. (사이) 아 그러셨어요? 축하드려요. 네. 가세요.

미래, 문 닫고 다시 들어온다.

나비　뭐래?

미래　응. 이번만 봐주신대.

나비　문이나 째깍 고쳐줄 것이지, 돈만 밝히긴! 나 저 아줌
　　　마 싫어!

미래　응? 왜?

나비　저 아줌마가 나 어떻게 보는 줄 알아?

미래　그게 무슨 말이야?

나비　곁눈질하면서 위아래로 훑어본다?

미래 아줌마가 왜?

나비 몰라. 뭐가 못마땅한지 인상 쓰더라.

미래 방금 나보고는 편하게 알바나 하지 말고 취직해서 착실하게 살라고 하던데? 자기 아들은 이번에 9급 공무원 합격했다면서.

나비 웃기는 사람 아니야? 사람마다 가는 길이 다 다른 거지.

미래 자기가 알고 있는 정답 이외에는 다 오답이라고 생각하는 거지 뭐.

나비 완전 노답이네.

미래 어떤 사람들은 눈에 보이지 않는 건 인정해주지 않아. 숨은 땀방울 같은 거, 그런 건 없는 거야.

나비 그 망할 사기꾼 놈 땜에 이런 취급이나 받고 살다니….

미래 그래도 여기라도 구한 게 어디야.

나비 우리 스무 살에 빌라 원룸 전세로 시작했어.

미래 그게 벌써 7년 전이네. 우리 엄마 소 팔고 너희 엄마 패물 팔아서 서울 입성했지.

나비 그러다 전세 사기 당하고 옥탑 그리고 여기. 그 다음은 어디야? 여기서 더 갈 데는 있니?

미래 나비야, 지금은 힘들지만 다시 좋은 집에서 웃으면서 이야기 할 날이 올 거야.

나비 어느 세월에? 우리가 매미냐? 땅 위로 올라가는데 몇 년씩 걸리게.

미래	왜 그래?
나비	너한테 미안해서 그런다.
미래	뭐가?
나비	너 허리 다 낫지도 못하고 일하는데 난 월세도 못 보태잖아.
미래	괜찮아.
나비	오디션 스무 번 만에 겨우 앙상블 됐어. 회당 십만 원도 못 벌어.
미래	괜찮다니까! 넌 돈 벌면 바로 너한테 투자해야 돼. 학원도 좋은 데 다니고. 작가는 종이랑 연필만 있으면 돼. (사이) 나는 너 없으면 안 돼.
나비	(머리 기대며) 나도 그래.
미래	너 없으면 나 혼자 어떻게 버텨? 그러니까 그런 생각 말기다.
나비	알았어.

둘은 한동안 말이 없다.

미래	동기 한 명이 이번에 젊은 작가상 받는대.
나비	그래? (짧은 사이) 너도 곧 되겠지.
미래	나 빼고 다들 잘 나가. 졸업한 지도 벌써 4년인데, 나 그동안 뭐했나?

나비 뭐했긴, 열심히 글 썼지.

미래 그치. 열심히 썼지. 작가 될 거라고 취업준비도 안 하고. 그런데 왜 아직 이러고 있는 걸까?

나비 미래야….

미래 그래서 말인데 (망설이며) 전에 선배가 말하던 거 그거 해볼까?

나비 누구? 그 듣도 보도 못한 출판사에 취업한 선배?

미래 그 정도는 아니야. 신생 출판사라서 그렇지.

나비 그래서 책 삼백 권 네 돈으로 찍고 등단하려고?

미래 아무래도 문예지 쪽이 지금 사정이 어려우니까….

나비 그렇게 등단하고 나면? 그 다음은?

미래 글 쓰고 책 내고 그러는 거지 뭐.

나비 (사이) 나도 캐스팅디렉터라는 사람이 배역 줄 수 있단 말에 혹한 적 있어. 실제로 사기 당한 친구들도 있고.

미래 나 이제 지쳤어. 저 멀리 빛이 보이는데 손을 뻗어도 닿지 않아. 아무리 발버둥 쳐도 안 돼. 이젠 누가 손 내밀면 덥석 잡고 싶어.

나비 미래야, 그건 아니야.

미래 그러면 한 번쯤 힌트라도 줬으면 좋겠어. '노미래, 너 결국 잘 될 거니까 걱정 말고 계속 가도 돼!' 이런 거. 확신이라도 가질 수 있게.

나비가 풀 죽은 미래를 지그시 바라본다.

나비 네 첫 마음은 언제였니?

미래 첫 마음?

나비 그래. 사실 난 항상 남들 하는 대로 살았던 것 같아. 그냥 주는 밥 먹고 하라는 공부하고. 왜 살아가는지 이유나 목표 같은 건 없었어.

미래 다들 그렇지.

나비 그러다 친구 따라 공연을 보게 됐어. 분명히 대본이 정해진 이야기였을 텐데 배우들은 진짜 자기 이야기를 하고 있는 것 같았어. 행복하게 노래하고 춤추며 주인공도 앙상블도 그 순간만큼은 온전히 자기 자신으로서 있었어. 그때 알게 됐어. 내가 있을 곳은 저 무대라는 걸. 사람들을 웃고 울리며 내 모든 것을 하얗게 불태우고 살리라 결심했어.

미래 (사이) 중학교 때였어. 선생님이 종이 한 장을 들고 와서 읽어주셨어. 교내 백일장엔 떨어졌지만 감동적인 글이라고. 듣다보니 내 글이었어. 친구들이 박수를 보내줬어. 그때였던 것 같아. 사람들에게 감동과 힘을 주는 글을 쓰고 싶다고 생각한 게.

나비 그랬구나.

미래 응.

나비 네 글을 읽으면 이해받는 느낌이 들어. 마치 누가 등을 토닥여주는 기분이랄까?

미래 (반신반의하며) 진짜?

나비 (틀림없다는 듯) 그래! 그러니까 조급해 하지 말고 써. 네 글엔 뭔가가 있어.

미래 방금 네가 한 말이 나한테 어떤 의미일지 넌 상상도 못할 거야. 고마워.

나비 그래, 누구나 자기 때가 있는 거야. 우린 아직 그때를 만나지 못한 것뿐이고. (번데기 가리키며) 쟤들 봐. 누에가 아무리 노력한다고 해도 세 번 자고 번데기가 될 순 없잖아. 네 번을 자야 고치 안에서 꿈을 꿀 수 있다고.

미래 꿈을 꾼다고? (급히 노트에 글을 써내려간다) 어 좋아! 어 좋아! (나비를 껴안으며) 역시 넌 나의 뮤즈야!

나비 뭔데?

미래 다 쓰면 보여줄게.

나비 잘 됐다! 너 작품 쓰면 나 주인공 시켜준다고 했던 거 잊지 않았지?

미래 당연하지! 나, 이젠 어떤 일이 있어도 흔들리지 않을래.

나비 그래! 힘들어도 멈추지 않고 지금처럼 나가는 거야. 한 걸음 한 걸음.

미래 그래! 한 걸음 한 걸음, 영원히 둘이 함께 꿈꾸고 성장

하고….

창밖에서 조금 전과 같은 여자 비명 소리와 사람들 웅성거리
는 소리 들린다.

미래   (불안한 듯) 우리 정말 여길 빠져나갈 수 있겠지?
나비   내가 말했지. 누구에게나 자기만의 시간이 필요하다고.
미래   그래서 뭐? 이 좁은 곳에서 마냥 웅크리고 있자고? 언
제까지?

창문 밖에서 사람들 웅성거리는 소리에 창문 두드리는 소
리 더한다. 나비 흰 이불로 몸을 두른다. 그 모습이 누에고
치 같다.

나비   나 말이야, 여기가 싫지만은 않아. 진짜 한 마리 누에
가 된 기분이랄까. 내 주위로 점점 고치를 만드는 거
야. 내 안에 남은 걸 모두 짜내서 실을 뽑아서.
미래   갑자기 그게 무슨 말이야?
나비   (아랑곳 하지 않고) 갑갑하겠지? 그래도 그 안에서 마지
막 꿈을 꿀 거야. 깨어나면 완전히 새로운 내가 되는
꿈, 나를 완성시키고 온전한 내가 되는 꿈.
미래   (이불을 당기며) 이것 좀 벗고 말하자.

나비 건드리지 마! 아직 시간을 덜 채웠어. 남의 힘으로 세
상에 나온 번데기는 얼마 안 가서 죽고 말아. 물론 스
스로의 힘으로 고치를 뚫을 수 있는 번데기도 얼마 안
되지. 꿈을 꾸는 도중에 끓는 물에 던져지거든. 이유가
뭔 줄 알아? 얘들이 고치를 뚫기라도 하면 아까운 비
단실이 끊어지니까.

미래, 나비의 행동이 낯설다. 놀라서 아무 말을 못한다. 밖에
서 사람들 웅성거리는 소리와 창문 두드리는 소리, 현관문 두
드리는 소리가 더해지고 모든 소리가 더 커진다. 나비, 이불
로 점점 더 자신을 꽁꽁 싼다.

나비 누에는 자기가 뭐라도 될 줄 안 거지. 그러니까 그 좁
은 고치 속에서 버틸 수 있었던 거야. (조소하며) 웃기는
게 뭔 줄 알아? 오랜 세월 인간의 손에 길러진 누에는
힘들게 세상에 나와도 눈도 입도 날개도 퇴화해서 보
지도 먹지도 날지도 못해.

미래 나비야. 너 좀 이상해. 왜 그래?

나비 얘들은 몰랐을 거야. 자신의 최후를. (덜덜 떨며) 인간이
저지른 짓을 생각하니까 무서워. 번데기를 살려놓는
이유는 하나뿐이야. 자기와 똑같이 될 자식을 낳는 거
야. 사람들은 웃겠지. 넌 딱 거기까지야. 애초에 나비

같은 건 될 수 없었어.

미래 나비야 그만해.

나비 허무해.

미래 (나비의 이마 짚으며) 너 몸이 차. 식은 땀 좀 봐.

나비 결국은 너도 날 떠나가겠지.

미래 뭔 소리야. 너 지금 아파. 이제 그만 자.

나비 못 할지도 몰라.

미래 뭘?

나비 네가 글 쓰고 내가 주인공 하고.

미래 아니야. 될 거야.

나비 너도 알잖아.

미래 아니야.

나비 나 무서워.

미래 괜찮아. 내가 있잖아.

나비 여기서 나갈 수 있을까.

미래 그럼. 나갈 수 있지.

나비 내가 여길 어떻게 나가?

미래 어떻게 나가긴 걸어서 나가면 되지. 문까지 걸어가서
문을 열고 계단을 한 발 한 발 디디면서. 뚜벅뚜벅.

나비 뚜벅뚜벅?

미래 그래. 어떤 일이 있어도 그러기로 약속해.

119 사이렌소리 들린다.

나비   (슬픈 목소리로) 미래야. 나. 이제 그만 보내 줘.

미래   (외면하며) 그게 무슨 소리야. 너 자꾸 땀이 나. 닦아야 해.

미래, 필사적으로 나비의 머리카락을 닦는다.

미래   나비야 추워. 이불 덮어.

나비   알잖아.

미래   몰라. 모른다고!

나비   받아들여.

미래   아니야. 아니야!

그때, 여자 비명 소리가 들린다. (취객여자의 비명 소리와 같은 소리) 전등이 깜빡거리며 무대 밝았다 어두웠다 반복한다. 창문 두드리는 소리. 현관문 쾅쾅 두드리는 소리 최대로 커지다가 암전.

방 안에만 조명 들어오고 나비가 있다. 방 안은 벽에 곰팡이가 여기저기 피어 있어 조금 전보다 더 낡아 보인다. 앉은뱅이책상 주변에 책과 다 먹은 컵라면 그릇이 어지럽게 쌓여 있다. 라디오에선 음악이 흘러나온다.

나비   미래 이 기지배 집 꼬라지 해놓은 것 좀 봐. 어휴 어쩌
         겠냐? 이 몸이 치워줘야지. (벽을 보며) 이놈의 곰팡이는
         그새 더 늘었네.

         나비, 바닥에 옷가지 주워 옷걸이에 걸고 미래의 책상 정리
         한다.

나비   (발에 채인 노트를 집어 들며) 응? 이게 뭐지?

         나비, 침대에 걸터앉아 노트를 펴고 읽기 시작한다. 무대 오
         른쪽에 조명이 들어오면 미래가 편의점 조끼를 입고 계산대
         에서 글을 쓰고 있다.

나비   '나비는 잘 하고 있을까? 몇 주 동안 잠도 못자고 밥도
         제대로 못 먹으면서 연습하던데. 걔는 정말 열정이 대
         단하다. 먹고 사느라 베프 공연에도 못 가다니. 속상하
         다.' 뭐야? 일기장이야?

         나비, 페이지를 넘긴다. 미래가 계속 글을 쓰고 있다.

나비   '이번에도 또 공모전에 떨어졌다. 세 번이나 내리 떨어
         지니 기운이 하나도 없다. 엄마한테서 전화가 왔다. 잘

지내냐고 하는데 곧 좋은 소식 있을 거라고 걱정 말라고 했다. 이젠 거짓말까지… 글이고 뭐고 더 늦기 전에 직장을 구해야 할까?' 이런 일이 있었구나.

미래가 이어서 일기 내용을 읽는다.

미래   하지만 나비를 보면 그런 생각을 하는 게 부끄러워진다. 꿈 하나만 향해 나아가는 지조 있는 녀석. 언젠간 세상 사람들이 놀랄 날이 올 거다. 어디서 이런 배우가 숨어 있다 나타났냐고. 나비는 온갖 어려움을 이겨내고 끝내 멋진 날개를 펼치겠지. (사이) 아, 그래. 왜 그 생각을 못했지? 나비의 이야기를 쓰는 거야. 수많은 애벌레들과 이제 막 고치를 튼 번데기들의 이야기를. 그리고 남들이 봐주지 않는 어두운 곳에서 열심히 날갯짓하는 나방들의 이야기를.

나비   (킥킥대며) 뭐야? 그럼 내가 진짜 주인공이 되는 거네? 다 쓸 때까지 못 본 척할까?

나비가 일기장을 책상 위에 놓고 다시 방을 치운다.

나비   (기지개 하며) 다 됐다. 이제 슬슬 올 때가 됐는데? 깜짝 놀라게 해야지. 어디 보자. 아! 저게 좋겠다.

침대 위 하얀 이불을 걷어서 몸에 돌돌 만다.

나비 (신나며) 숨어 있다가 짠! 하고 나타나야지. (사이) 오늘 따라 더 습하네. 환기도 안 되고. 아, 공연하느라 내내 못 쉬었더니 피곤하네. 미래 올 때까지만 좀 자야겠다. (하품하며 침대로 스르르 넘어진다)

나비, 잠든 모습이 누에고치 같다.
미래가 무대 앞쪽으로 고개를 돌린다.
거센 바람소리, 빗소리 들린다.

미래 갑자기 웬 비야? 일기예보에 비 온다는 말은 없었는데? 음, 내가 창문을 닫았었나? 아참! 나비 집에 왔겠다. (전화 건다. 신호음 세 번 울린다) 얘는 왜 전화를 안 받아? 오늘 야간 알바 땜빵하기로 했는데.

라디오소리 "긴급 속보입니다. 집중 호우로 도심 곳곳이 물에 잠겨…."

창밖에 검은 그림자가 높아지는 것으로 물이 차는 것을 알

수 있다. 창문 밑으로 물이 새어 흘러들어온다. 바닥에서도 물이 차오른다. 나비는 아무 것도 모른 채 계속 잠에 빠져 있다. 천둥 번개 치며 암전. 나비의 비명 소리 들린다. (취객여자 비명 소리와 같다)

다시 밝아지면 무대 가운데 미래가 서 있다. 알바를 끝내고 집으로 돌아온 미래가 사람들이 웅성거리며 몰려 있는 것을 보고 있다. 119 구급차 소리.

119구급대원 이 집에 살아요?

미래 (영문을 모르며) 네.

집주인 어디 갔다 왔어? 밖에 있어서 천만 다행이네.

이웃 다행이야. 물에 잠겨서 걱정했네.

미래 네? 그게 무슨… (사이) 나비! 나비 못 봤어요? (다급히 전화를 걸지만 신호음만 들린다) 전화 받아 나비야!

이웃 으악! 저기 사람이 있어요!

사람들 경악하는 소리. 미래는 멍하니 무대 앞에 흰 이불로 덮인 나비의 주검을 본다. 암전.

조명 들어오면 폐허가 된 반지하 구석에 미래가 흰 이불로 몸을 둘둘 말고 앉아 떨고 있다.

그날의 상황이 미래에게 환청으로 들린다. 미래, 두 손으로 귀를 막고 고개를 세차게 흔든다. 나비의 목소리가 들리자 손을 떼고 무표정한 얼굴로 주위를 두리번거린다.

나비(E) (문손잡이 긴박하게 돌리고 문을 탕탕 치며) 거기 누구 없어요? 여기 사람 있어요. 도와주세요! 사람 살려요!! 거기 119죠? 안 들려요? 여보세요! 여보세요!

미래 안타까워하며 허공에 필사적으로 팔을 뻗는다.
손잡이 돌리는 소리 문 두드리는 소리 한동안 계속 들리고,
비명소리는 흐느끼는 소리로 바뀐다.

전화(E) 고객님이 전화를 받을 수 없어…

미래 (흐느끼다 두 손으로 자신의 양팔을 쓰다듬으며) 나비야, 나비야, 너 몸이 왜 이렇게 차. 나비야 이불 덮어. 이불 덮으면 따뜻해질 거야.

집주인(E) 왜 거 있잖아. 치마 짧게 입고 건들거리며 다니던 아가씨. 쟤는 살고 걔만 죽었잖아.

이웃(E) 그래. 뭐라더라? 무슨 배우 한다고 그러던데.

집주인(E) 배우는 무슨. 얼굴이 영 아니던데. 끽해 봐야 엑스트라겠지.

이웃(E)	그래도 안됐네.
집주인(E)	그런 애들 어차피 고생만 하고 되지도 않아. 시간만 허비했겠지.
이웃(E)	차라리 고생 덜 하고 간 게 나은가?
집주인(E)	어휴 몰라. 이제 세놓긴 글렀어.

미래 이불 속에서 덜덜 떨다가 문득 밝아진다.

미래	나비야 기억 나? 우리 어릴 때 누에고치 하나 교실에 몰래 숨겨뒀던 거. 며칠 있다 보니까 텅 빈 고치만 남았었잖아. 그 속에 있던 번데기는 날개를 달고 하늘로 훨훨 날아갔을 거야. 너도 그런 거지? 나비야, 너도 그런 거지?

미래 앞에 나비의 환영 나타난다. 미래 이불을 걸친 채 천천히 일어난다.

나비	미래야.
미래	나비야.
나비	미안해.
미래	뭐가?
나비	같이 꿈꾸겠단 약속 지키지 못해서.

미래	아니야. 나도 미안해. 널 혼자 둬서.
나비	난 괜찮아. 너랑 함께 날았잖아.

지난 날 둘이 춤추며 깔깔대던 웃음소리 들린다.

나비	미래야. 넌 계속 꿈 꿔야 해.
미래	소용없어. 어차피 내 날개는 꺾여버렸거든.
나비	그럼 계속 걸어 가. 한 걸음 한 걸음. 멈춰선 안 돼.
미래	여기서 너와 함께 잠들 거야.
나비	넌 할 일이 있잖아.
미래	할 일?
나비	내 이야기를 계속 써 줘. 절대 포기하지 마. 언젠간 다시 날 수 있는 나방이 태어날 때까지.

나비의 환영 날아가듯 우아하고 가볍게 퇴장.

미래	나비야. 진짜 그런 날이 올까? 그때까지 얼마나 많은 누에들이 잠자고 또 꿈꾸어야 하는 걸까.

미래 어깨에 걸치고 있던 이불 스르르 떨어지며

암전.

사)대명공연예술단체연합회 기획 대본쓰기 프로그램

대명동엔 작가가 산다 | 네 번째 이야기

초판 1쇄 인쇄일   2023년 11월 23일
초판 1쇄 발행일   2023년 11월 30일

지 은 이   (작품수록순) 정기순 · 최미향 · 이명준 · 이혜정
          김성애 · 김영선 · 김기열 · 김민선 · 허윤정
멘   토   김성희 · 안희철 · 김현규
편 집 인   사)대명공연예술단체연합회장 이동수
기획교정   사무국장 김현규, 사무간사 이다은, 기획홍보 이선현
만 든 이   이정옥
만 든 곳   평민사
          서울시 은평구 수색로 340 〈202호〉
          전화 : 02) 375-8571   팩스 : 02) 375-8573
          http://blog.naver.com/pyung1976
          이메일 pyung1976@naver.com
등록번호   25100-2015-000102호
 ISBN   978-89-7115-833-3   03800
정   가   15,000원

· 잘못 만들어진 책은 바꾸어 드립니다.
· 이 책은 신저작권법에 의해 보호받는 저작물입니다.
  저자의 서면동의가 없이는 그 내용을 전체 또는 부분적으로 어떤 수단 · 방법으로나
  복제 및 전산 장치에 입력, 유포할 수 없습니다.

주최/주관 : 사)대명공연예술단체연합회
후원 : 대구문화예술진흥원, 대구광역시
본 사업은 2023 대구문화예술진흥원 문학활동지원입니다.